AF501379

L'HOTEL ROYAL

DE SAINT-POL

A PARIS

PAR

FERNAND BOURNON
Ancien élève de l'École des Chartes,
Archiviste de Loir-et-Cher.

PARIS

1880

6 Mai 91

Cher ami

Voici l'Ostel Saint-Pol, — l'ultime, — et un paquet de fiches pour la Bibliographie de Montaiglon, puisque vous avez l'obligeance de bien vouloir y collaborer. Pour vous donner une idée du plan que nous avons adopté dans la rédaction de ces fiches, j'ai dépouillé, à l'aide de la table Marcusienne les 9 premières années. Vous voyez que la moisson est maigre.

Bien cordialement à vous

Fernand Bournon

L'HOTEL ROYAL

DE SAINT-POL

Extrait du tome VI des *Mémoires*
de la Société de l'histoire de Paris et de l'Ile-de-France
(Pages 54 à 179).

Tiré à part à 50 exemplaires

F. B.

à mon confrère et ami Paul Lacombe
hommage bien affectueux
Fernand Bournon

L'HOTEL ROYAL

DE SAINT-POL

A PARIS

PAR

FERNAND BOURNON
Ancien élève de l'École des Chartes,
Archiviste de Loir-et-Cher.

PARIS

1880

L'HOTEL ROYAL DE SAINT-POL.

Ce mémoire a été présenté comme thèse à l'École des chartes et jugé au mois de janvier dernier ; mais nous avouerons volontiers qu'en l'écrivant nous nous proposions de le soumettre à la Société de l'histoire de Paris et de l'Ile-de-France, qui veut bien l'accepter aujourd'hui. La forme n'a donc subi aucune modification ; quant au fond, les quelques changements de détail que nous y avons apportés, nous les devons tous à l'École dont nous sortons. MM. de Montaiglon et Paulin Paris, qui examinaient notre thèse, nous ont, en effet, signalé d'heureuses corrections dont nous avons profité avec reconnaissance ; nous exprimerons aussi à M. Jules Cousin tous nos remerciements pour ses conseils et son accueil à la Bibliothèque de la ville de Paris, où ce travail a été presque entièrement rédigé.

« Charles V, dit Christine de Pisan, fut un sage artiste ; de geometrie et ligne qui est l'art et science des mesures s'entendoit souffisamment, et bien le monstroit en devisant de ses édifices. »

Ces mots, qu'on a déjà souvent cités, sont la meilleure épigraphe de travaux du genre de celui-ci. Charles V, en effet, aima les arts et tout ce qui s'y rattache, plus qu'aucun autre de ses prédécesseurs, et si les textes ne nous le montrent pas « devisant » lui-même de ses édifices, ils nous disent du moins tout ce qu'il fit pour leur entretien et leur embellissement.

Nous nous proposons de réunir dans une étude spéciale de nombreuses preuves de ce goût éclairé de Charles V ; on nous permettra donc maintenant de pénétrer *ex abrupto* dans notre sujet — qui serait à lui seul une preuve presque suffisante — en disant quelques mots des sources auxquelles nous avons puisé.

En tête de ses remarquables recherches sur le Louvre, M. Berty a constaté pour le XIVe siècle une pénurie de documents archéologiques qu'il faut aussi déplorer au sujet de l'hôtel Saint-Pol, et, croyons-nous, de toutes les résidences royales de cette époque. C'est que la source la plus précieuse, les « registres des œuvres royaux » ont péri dans l'incendie de la Chambre des Comptes en 1737. Deux érudits en avaient heureusement fait des extraits considérables, qui nous font regretter plus vivement encore ce désastre. Le plus connu des deux est Sauval dont l'œuvre mérite une entière confiance, malgré le désordre qui y règne et qui provient surtout de ce que les *Antiquitez* ont été publiées après la mort de leur auteur.

Les registres de la Chambre des Comptes ont été dépouillés par un autre historien aussi consciencieux que Sauval, mais moins connu parce que ses travaux sont restés manuscrits : nous voulons parler de Menant, auditeur à la Chambre des Comptes, qui mourut à la fin du XVIIe siècle. Les extraits faits par lui et qui remplissent 16 volumes in-8° furent d'abord conservés à la bibliothèque du couvent des Célestins, où Fontanieu les connut et leur fit beaucoup d'emprunts[1]; ils passèrent de là dans la collection Leber, et enfin, lors de la vente de cette collection, à la bibliothèque de Rouen, où nous les avons consultés; un autre volume d'extraits passa, on ne sait à quelle époque, à la bibliothèque de l'Arsenal[2], et M. Leroux de Lincy y copia le compte si intéressant de travaux faits au Louvre sous Charles V qu'il a publié dans la *Revue archéologique* (1852); le manuscrit de l'Arsenal nous a fourni également quelques renseignements fort curieux.

En dehors de ces extraits des registres de la Chambre des Comptes, nous n'avons trouvé que bien peu de choses pour la partie archéologique de nos recherches ; un compte des menus plaisirs d'Isabeau de Bavière, les procès-verbaux des commissaires chargés de visiter ce qui restait de l'hôtel Saint-Pol au commencement du XVIe siècle, et quelques quittances glanées dans les grandes collections de la Bibliothèque nationale ; enfin un compte de travaux faits par le duc d'Orléans, oncle de Charles VI, à l'église Saint-Pol, compte trop curieux au point de vue archéologique pour le laisser dans l'oubli, et qui, d'ailleurs, a servi quelquefois à nos recherches.

La partie historique proprement dite, celle qui traite des acquisitions et ventes de terrains ou de bâtiments, est plus riche. Outre que l'hôtel Saint-Pol a un carton spécial au Trésor des chartes[3], une

1. Outre les citations que les portefeuilles contiennent presque pour chaque règne, les portefeuilles 795-799, 804 et 805 sont entièrement composés de ces emprunts.

2. M. Leroux de Lincy avait signalé le manuscrit de Menant sans indiquer de numéro d'ordre. M. Paul Lacroix voulut bien le rechercher pour nous ; il se trouvait sous la cote J. F. 101 *ter*. M. Lorédan Larchey lui a donné depuis un numéro définitif, 6362, sous lequel on le retrouvera désormais facilement.

3. Archives nationales, J 154.

partie de ses archives s'est conservée dans celles des établissements religieux voisins, l'église Saint-Pol, le couvent des Célestins.

Les travaux imprimés, si on en excepte Sauval, ont été pour nous une ressource insignifiante ; nous aurons à peine l'occasion de citer Félibien, Jaillot, l'abbé Lebeuf, les grands et seuls historiens de Paris ; pour les autres, s'ils s'occupent de notre sujet, ils n'ajoutent que des erreurs à ce qu'on lit chez Sauval.

Les documents graphiques originaux sont aussi rares qu'ils seraient utiles ; les premiers plans de Paris n'apparaissent guère qu'au XVIe siècle, c'est-à-dire à l'époque où les derniers vestiges de l'hôtel Saint-Pol disparaissent ; quant aux plans partiels, nous avons dû nous contenter d'un seul, plus récent encore, mais qui nous a permis cependant de fixer un point douteux [1].

Nous devons, en terminant, dire un mot du cadre dans lequel nous avons enfermé ces recherches. L'histoire d'un monument détruit est presque une biographie ; sa fondation, sa destruction sont des époques qu'il importe d'établir comme les dates de naissance et de mort d'un personnage. Il nous a donc fallu sortir du moyen âge pour montrer la ruine complète, au XVIe siècle, de l'hôtel de Charles V ; à ce prix seulement nous pouvions faire usage des documents qui constatent l'état des bâtiments à cette époque et nous donnent une idée de ce qu'ils avaient pu être au temps de leur splendeur.

Enfin il était intéressant de rappeler le peu de souci qu'eut François Ier des ordonnances de ses prédécesseurs et les protestations — impuissantes d'ailleurs — que fit entendre la Chambre des Comptes, conservatrice à la fois des traditions et des documents du passé.

PREMIÈRE PARTIE.

HISTOIRE DE L'HÔTEL SAINT-POL. — FONDATION. — ALIÉNATIONS.

CHAPITRE Ier.

1.

Plusieurs textes prouvent que, longtemps avant d'être compris dans l'enceinte de Paris faite sous Philippe-Auguste, le terrain sur lequel Charles V fonda l'hôtel Saint-Pol était habité ; en effet,

1. Il nous eût été impossible de dresser un plan de restitution, son exécution exigeant des connaissances spéciales et des documents précis qui n'étaient pas à notre disposition.

nous voyons, dans une confirmation des possessions du monastère de Saint-Éloy par Louis VII, en 1140, que ce monastère avait à *Saint-Pol* des biens et des droits qui semblent considérables : « apud Sanctum Paulum extra civitatem, hospites et terras et decimas, bannum similiter et sanguinem et vicariam cum omnibus justiciis et consuetudinibus ipsarum terrarum suarum[1]. » L'église, ou plutôt la chapelle de Saint-Pol autour de laquelle s'étaient groupés les *hospites* de Saint-Éloi et qui avait donné son nom à ce territoire, avait été fondée par saint Éloi lui-même, c'est-à-dire au VIIe siècle[2].

L'enceinte que Philippe-Auguste entreprit dut couper le bourg Saint-Pol en deux parties, dont l'une, contenant l'église, resta par conséquent hors les murs et s'étendit rapidement. Saint Louis y établit les Carmes barrés vers 1260 ; sous Philippe le Bel, la rue Saint-Pol et les rues voisines étaient plus peuplées que beaucoup de rues comprises dans l'enceinte, comme le prouve le livre de la taille de Paris en 1292[3]; enfin nous parlerons des immenses domaines qui se trouvaient dans cette région au commencement du XIVe siècle.

Ce n'était donc pas, comme l'a dit M. Perrens[4], une vaste métairie isolée au milieu des champs que Charles V avait voulu avoir en fondant l'hôtel Saint-Pol. On doit remarquer, d'ailleurs, que la plupart des palais ou des hôtels de cette époque étaient hors des murs, les touchant presque, comme le Louvre, l'hôtel de Nesle, l'hôtel Barbette et d'autres encore. Il y aurait également un rapprochement à faire entre la position du Louvre et de l'hôtel Saint-Pol avant que Charles V n'eût donné de nouvelles murailles à la ville : tous deux situés sur le bord de la Seine et contre l'enceinte, de façon à ce que le roi eût pour ainsi dire un pied dans Paris et l'autre dehors, outre que la rivière permettait un départ secret, moyen qu'employèrent à plusieurs reprises les courtisans de Charles VI pour le mettre à l'abri des émeutes qui se succédaient si rapidement alors. Nous ne pouvons nous défendre de croire que l'esprit prudent de Charles V avait prévu cet avantage,

---

1. J. Tardif, *Monuments historiques, cartons des rois*, page 244.
2. Lebeuf, *Hist. de la ville et de tout le diocèse de Paris*, t. II, p. 518.
3. H. Géraud, *Paris sous Philippe le Bel, d'après les documents originaux...* Paris, 1837, in-4°.
4. *Étienne Marcel* (Collection des Documents publiés par la ville de Paris), p. 310.

d'autant plus que le souvenir de l'invasion du Palais Royal par le prévôt des marchands et la populace, le massacre des deux maréchaux et les mille outrages qu'on lui avait infligés, n'avaient pas dû s'effacer de sa mémoire.

On a même dit à ce sujet que depuis une telle violation du domicile royal, le régent n'avait plus voulu habiter le Palais et avait fondé l'hôtel Saint-Pol. Cette supposition peut être ingénieuse[1], mais il ne nous semble pas qu'elle soit nécessaire pour expliquer l'existence de l'hôtel dont nous nous occupons. En premier lieu, le palais de la Cité ne fut évidemment pas abandonné : nous avons vu Charles lui-même y faire des réparations considérables ; c'est là qu'il vint loger lorsqu'il rentra dans Paris après son sacre, en 1364, et que furent célébrées les cérémonies et les fêtes du nouvel avènement[2]. C'est encore au palais, au « grant palais » comme l'appellent les *Grandes Chroniques*[3], qu'il reçut d'abord l'empereur Charles IV, en 1378, avant de le conduire dans ses autres châteaux.

D'ailleurs les faits que nous avons mentionnés plus haut suffisent bien à expliquer que Charles V ait voulu attacher son nom à la fondation d'un palais royal, et la suite de notre travail le montrera davantage encore.

II.

Le terme de fondation, appliqué à l'hôtel Saint-Pol, est impropre; Charles V ne construisit pas un hôtel, il en composa un par une série d'acquisitions dont nous allons nous occuper.

La première en date, et aussi une des plus importantes, fut celle de l'hôtel du comte d'Étampes et de Jeanne d'Eu, sa femme, le 8 mai 1361, Charles n'étant alors que dauphin[4]. Les actes où nous la trouvons mentionnée ne donnent que des détails insuffisants sur la position de cet hôtel ; on voit seulement qu'il était situé près de l'église Saint-Pol et comprenait des « jardins, préaux,

---

1. Nous la trouvons dans l'*Histoire de Paris* de M. Th. Lavallée. Paris, 1857, in-18, p. 27. — M. Boutaric l'émet aussi dans ses *Recherches archéol. sur le Palais de Justice de Paris* (t. XXVII des *Mémoires* des Antiquaires de France, p. 55), et dans l'*Inventaire du musée des Archives*, p. 217.

2. *Grandes Chroniques*, édit. P. Paris (in-8°), t. VI, p. 233.

3. *Ibid.*, t. VI, p. 379.

4. Pièces justificatives, n° I.

treilles et autres appartenances et appendances, tenant d'une part au cemetière de la dicte eglise et aux jardins de l'arcevesque de Sens, d'autre, et à plusieurs autres tenenz avecques un hostel joignant d'icelluy ouquel soulloit demeurer maistre Robert de Seriz. » La maison des archevêques de Sens étant située à l'extrémité de la rue Saint-Pol, sur le bord de la Seine, l'église s'élevant au contraire du côté de la rue Saint-Antoine [1], l'hôtel d'Étampes, qui touchait à ces deux bâtiments, devait donc couvrir une grande superficie [2].

Bien que l'acte du 8 mai 1361 soit rédigé sous forme de donation, il n'en est pas moins certain que ce fut une vente — et même une vente onéreuse pour les acheteurs — qu'avaient faite le comte et la comtesse d'Étampes. C'est ce qui résulte de l'acte suivant publié par Félibien [3] :

Le prevost des marchands et les echevins de la ville de Paris au nom et pour la dite ville donnèrent à monseigneur le duc de Normandie au mois de novembre l'an mil trois cens soixante, qui estoit lors regent le royaume, quatre mil royaulx d'or pour payer la maison assise lez Saint-Paul, laquelle le dit monseigneur le duc avoit acheptée du comte d'Estampes, et laquelle somme les dits prevost et eschevins devoient payer au dit comte d'Estampes des aydes lors assises en la dite ville de Paris depuis la Noel après ensuivant ou environ, pendant lequel temps le Roy nostre seigneur retourna d'Angleterre et fut à Paris à la feste de Noel, et pour la necessité qu'il eut du fait de sa delivrance, fist mettre la main en toutes les aydes ordonnées paravant en la dicte ville de Paris pour estre toutes tournées et converties par devers luy pour sa necessité, et ordonna autres aydes pour le payement de sa delivrance ; et ainsi ne peurent les dits prevost et eschevins payer les dits quatre mille royaux au dit monsieur d'Estampes, et, pour ce que satisfaction leur convenoit faire des dits quatre mil royaulx ainsi comme donnez et promis les avoient, firent tant les dits prevost et eschevins envers Bernart Belnati [4] qu'il repondit pour eux

1. L'église Saint-Pol fut détruite quelques années avant la Révolution ; on peut en voir encore quelques vestiges dans le passage Saint-Pierre aboutissant rue Saint-Antoine et rue Saint-Paul.

2. L'abbé Lebeuf (t. II, p. 533) dit que le comte d'Eu l'avait acheté, en 1250, à Philippe Commin, bourgeois de Paris. Nous n'avons pas retrouvé la charte de cette acquisition, qui aurait peut-être fourni quelque renseignement topographique.

3. Félibien, *Histoire de Paris*, t. III (t. I des *Preuves*), p. 480. Cette pièce est extraite des registres de la Chambre des Comptes et datée du 7 déc. 1361.

4. A une époque où les emprunts municipaux n'avaient pas encore été

et paya et satisfeit au dit monsieur d'Estampes les dits quatre mil royaulx d'or, et les dits prevost et eschevins au nom de la ditte ville s'en obligerent envers lui à luy payer la ditte somme de quatre mil royaulx... »

La suite de l'acte, réglant une contestation entre la ville et Belnati au sujet de ce payement, nous intéresse moins ; ce qu'il fallait remarquer, c'était ce don, peu spontané sans doute, fait au dauphin et le prix qu'il coûtait à la ville de Paris.

Les quatre mil royaux d'or que Belnati fournit ne représentaient pas d'ailleurs le prix total de la vente ; nous savons que le dauphin eut à payer au moins mille royaux d'or au comte d'Étampes[1], outre les droits de mutation à acquitter envers le prieuré de Saint-Éloi, dans la censive duquel étaient les propriétés vendues, et qui atteignirent la somme de soixante francs d'or[2].

III.

Au mois de septembre 1362, le dauphin réunit à cette première propriété l'hôtel des abbés de Saint-Maur. Nous n'affirmerons pas,

---

imaginés, il fallait avoir recours à des usuriers dans les cas d'embarras financiers. Nous en trouvons une autre preuve pour le même temps dans le livre de M. Luce, *Histoire de Bertrand du Guesclin*, t. I, p. 569 (pièces justificatives, acte du 19 janvier 1363 n. s.).

1. « Charles, ainsné filz du roy de France, duc de Normandie, dalphin de Viennois, à nostre amé et feal Jehan d'Orbec, tresorier de Normandie, salut. Payez ou faites payer senz delay à nostre tres cher et amé cousin le comte d'Estampes mil royaux d'or en quoy nous povons estre tenuz à luy à cause de nostre hostel jouxte Saint-Pol près de Paris. Donné au bois de Vincennes le 19 avril 1361. » (Bibl. nat., fonds fr. 20415, f. 12 r°.) — La pièce suivante doit se rapporter à cette même dette : « Jehan... à Regnaust de l'Ymaige, ja pieça commis et establi par notre très chier et ainsné filz Charles, duc de Normandie... receveur general des explès et amendes des reformacions, salut. Comme nostre dit filz eut pour lors assigné à nostre très cher et très amé cousin le comte d'Estampes à prendre et avoir de et sur les explais, amendes ou composicions des dictes reformations la somme de mille moutons d'or pour certaines causes... vous mandons... vous paiez, bailliez et delivrez tantost et sans delay à nostre dit cousin ou ses gens de par li tout ce que vous trouverez à li estre deu, demourant à paier de la dicte assignation. Donné à Amiens le vi^e jour de decembre l'an de grace mil trois cens soixante trois. » (Bibl. nat., fonds fr. 25700, n° 149.)

2. On ne peut interpréter autrement la charte du 25 juillet 1362 comprise dans un carton des Archives composé exclusivement de pièces sur l'hôtel Saint-Pol. Voir Pièces justificatives, n° III.

comme Sauval et Jaillot, que cette demeure datait du commencement du XIIIe siècle ; ce qui est du moins certain, c'est que dès 1210 le couvent de Saint-Maur possédait une grange près de Saint-Pol[1]; mais on n'a pas le droit d'en conclure que les abbés de Saint-Maur « bâtirent leur maison en 1210 sur l'emplacement de cette grange[2] », ni même que les abbés « accompagnèrent cette grange d'un grand jardin et de bâtiments si commodes, qu'elle leur servit de demeure quand leurs affaires les appelloient à Paris[3]. »

L'acte de cession que l'abbé Jean fit à Charles au nom de son couvent[4] nous éclaire peu sur l'emplacement et les dimensions de l'hôtel de Saint-Maur ; on voit seulement qu'il touchait au cimetière de l'église, aux jardins du dauphin, à une allée séparant ces jardins de l'hôtel de Sens, et qu'il s'étendait jusqu'à la rue du Petit-Musc et à la rue du Plâtre. En échange, le couvent était mis en possession d'un fief à Torcy[5], de cent vingt-quatre arpents de bois à Ozouer-la-Ferrière[6], de territoires à Villers[7] et à Massangis[8], évalués les premiers à vingt livres parisis, les seconds à sept livres parisis de rente.

Enfin, comme il fallait un autre hôtel aux abbés de Saint-Maur, Charles V leur abandonna en 1364 une maison qu'ils tenaient de lui en fief, la maison des Barres, située à Paris, rue de la Mortellerie, et valant soixante-quatre livres de rente[9]. Le roi ne se

1. « Radulfus, Beati Petri Fossatensis abbas, totusque ejusdem ecclesie conventus notum faciunt karissimum dominum suum Philippum illustrem Franciæ regem sibi ad petitionem H. prioris beati Eligii Parisiensis concessisse ut quædam granchia sita juxta S. Paulum quæ erat exposita ad vendendum sua fiat pro tanto pretio quantum alias de ea dare volebat, quia de censiva dictæ ecclesiæ erat, neque heres apparebat qui eam requireret. Quam chartam fecerunt ne gratia hujusmodi in consuetudinem traheretur. » (1210). Teulet (*Inventaires du trésor des chartes*, t. I, p. 360).

2. Jaillot, *Recherches sur Paris*, t. III, quartier Saint-Paul, p. 33.

3. Sauval, t. II, p. 266.

4. Voir Pièces justificatives, n° IV.

5. Seine-et-Marne, arrond. de Meaux, canton de Lagny.

6. Seine-et-Marne, arrond. de Melun, canton de Tournan.

7. Villers, hameau de la commune de Tournan.

8. Massangis, Yonne, arrond. d'Avallon.

9. Extraits du deuxième livre des chartes de la Chambre des Comptes, 1362-1387 (Bibl. nat. Portefeuilles de Fontanieu, vol. 805 — « (Fol. 1) Abbas et conventus sancti Mauri de Fossatis prope Parisius de admortizatione quarumdam domorum sitarum Parisius prope portam Bauderii, vocatarum domos des Barrez, per litteras datas mense Martii 1362. Per dominum ducem, in suo consilio, N. de Veris. » — « (F° 6 v°). Abbas et conventus

réserva que la haute justice. Il faut rattacher à cette même époque (26 août 1364) l'acte par lequel le monastère de Saint-Maur se déclara satisfait et donna quittance à Charles V de ce qu'il avait reçu en échange de l'hôtel des abbés. Il serait presque inutile de le mentionner, si on n'y remarquait que, parmi les fiefs cédés par le roi, celui de Massangy, valant cent sous parisis de rente, ne relevait pas du domaine royal, et que Nicolas Braque, chevalier, refusa la foi et l'hommage des moines pour le fief de Villers[1].

Quant au nouvel hôtel des abbés[2], l'hôtel des Barres, son histoire ne fait pas partie de notre sujet; on nous permettra cependant de nous y arrêter un instant pour signaler une légère erreur. L'écriture du moyen âge ne distingue pas *Barres* et *Barrés;* de là une confusion très naturelle entre ces deux noms et par suite entre les lieux qu'ils désignent. C'est ainsi que dans un travail publié récemment, M. Lecaron place « les deux ports des Barres et de fust, ouverts en 1371 derrière Saint-Bernard-aux-Barres, au

Sancti Mauri de Fossatis emerunt quamdam domum sitam Parisius in vico Mortelarie, vocatam domum des Barrez cum omnibus plateis, edificiis, pertinenciis et appendentiis, quam tenebant a rege in feodo, que potest valere per annum 64 l. redditus admortizati per dominum regem sine financia, et nichil retinuit idem dominus rex in dicta domo et ejus pertinentiis propter altam justiciam, per litteras ipsius domini regis datas mense junii 1364, signatas per regem, N. de Veres, reddita de precepta dominorum quod rex remittit financiam ipse alibi et tamen tradidit idem alibi, litteras suas et ejus conventus quod bene contententur de assignatione eisdem facta ratione domus et jardini quos habebant idem religiosi juxta S. Paulum Parisius et quas tradiderant domino regi, tempore quo erat dux Normannie, pro recompensatione que eisdem fuit facta in certis locis.... »

1. Voir Pièces justificatives, n° VI.

2. Voici, sur sa position, quelques renseignements qui pourront compléter ce qu'en a dit Sauval (t. II, p. 266). Nous les empruntons au tome XII, f. 13 r°, des manuscrits de Menant, conservés à la bibliothèque de la ville de Rouen : « D'un antien tiltre communiqué par M. du Fourny : Admortizatio cujusdam domus sita in Mortelaria Parisius pro abbate Sancti Mauri de Fossatis, sine financia pro eo quod est in recompensatione doni, ab eis regi facti, domus vulgariter nuncupate domus des Barrez cum omnibus plateis, edificiis, pertinenciis et appendentiis sita in vico Mortelarie, faciens ex una parte cugnum dicti vici quo itur de riparia Secane ad portam Bauderii, et ab alia parte tenens domui Philippi Antonii et ab alio latere domui Johannis Favereau et una platea vocata Chantier sita supra dicta riparia ab opposito dicte domus, tenens platee seu chanterio Guiardi le Gouverné, cum duabus aliis domibus quarum una vocatur domus furni des Barrez, alias domus Equi Rubei, a dicta domo des Barres in feodo movens. Datum Parisius 4 junii 1364. »

débouché de la rue Saint-Pol actuelle sur le quai Saint-Bernard [1], » alors qu'ils étaient au quai de la Mortellerie, près du pont Louis-Philippe actuel, où aujourd'hui encore vient aboutir une rue des Barres, passant au chevet de l'église Saint-Gervais. On comprend en outre que la même confusion pourrait avoir pour résultat de placer la maison donnée par Charles V aux abbés de Saint-Maur, aux Barrés sur la paroisse Saint-Pol, et de rendre ainsi incompréhensible tout ce que nous avons dit à ce sujet.

IV.

Les maisons du comte d'Étampes et des abbés de Saint-Maur, malgré leurs immenses dépendances, n'étaient pas encore suffisantes pour un séjour royal; Charles V ne dédaigna pas de leur adjoindre le « manoir » d'un simple « marchant de buche et bourgeois de Paris, » Simon Verjal. Les documents relatifs à cette acquisition [2] nous apprennent que le 9 mars 1361 (n. s.), Guillaume Neelle, marchand de vins et bourgeois de Paris, et Jeanne sa femme (veuve de Jean de Saint-Marcel le jeune dont elle avait eu deux enfants), cédèrent en bail à Laurent Malaquin au nom de ces deux enfants mineurs « un hostel ou manoir que les dessus diz bailleurs disoient estre la moitié du conquest de la dicte Jehanne et l'autre moitié du propre heritage des diz meneurs, assis oultre la porte Saint-Anthoine de Paris [3] vers les Barrez, en une rue qui est dicte Pute-y-muce [4], avecques le coulombier, le

1. *Essai sur les travaux publics de la ville de Paris au moyen âge*, par F. Lecaron. (*Mém. de la Soc. de l'Hist. de Paris*, t. III, p. 121.) C'est évidemment une distraction qui a fait dire à M. Lecaron que la rue Saint-Paul débouche sur le quai Saint-Bernard : ce quai est situé sur la rive gauche de la Seine.

2. V. Pièces justificatives, nos II et V.

3. On peut s'étonner de trouver dans un acte de 1361 la mention de la porte Saint-Antoine, l'idée courante étant que les portes de la troisième enceinte de Paris pour la rive droite ne furent faites que sous le règne de Charles V. Il faut donc en excepter cette porte comme l'a fait remarquer M. Bonnardot, le meilleur juge en la question, dans ses *Dissertations archéologiques sur les anciennes enceintes de Paris*, p. 122. D'ailleurs, dès 1356, les travaux de fortification avaient été entrepris par l'administration municipale ; six bourgeois avaient fait faire les fossés « entre le couvent des Célestins et celui des Béguines. » (*Ibid.*)

4. Rue du Petit-Musc. Il est inutile de redire l'origine grossière du nom de cette rue. Le scribe de la charte que nous citons semble l'ignorer, puisqu'il

jardin, toutes les maisons, court, ediffices, leurs veues, agouz, aisances, drois et quelconques adjacenses et appartenances, si comme tout se comporte et extent de toutes pars en lonc et en lé, en haut, en bas, devant et derrières, en font et en parfont, tenant ycelui hostel ou manoir aus enfans de feu monseigneur Jehan Poucin d'une part, et à une place et plastrière qui est de Sainct-Eloy de Paris, d'autre part aboutissant le dit jardin par derrières aux hoirs feu dame Philippe l'Esmailleresse, jadis bourgeoise de Paris, et d'un autre bout par devant en la dicte rue de Putti-Muce (*sic*) en la censive des religieuses personnes et honnestes le prieur de Saint-Eloy de Paris... »

Le 15 avril 1361, le prévôt de Paris ratifia ce bail; l'acte nous apprend que la maison cédée à Laurent Malaquin était sinon vieille, au moins fort décrépite : « en considération à la manière du dit bail et des grans reparations qui estoient à faire necessairement ès dictes maisons et appartenances, pour le soustenement d'icelles et aus grans mises qu'il esconvendroit pour ce faire[1]. »

Trois ans après Charles V acheta ces bâtiments, ou, pour mieux dire, ce terrain, de Simon Verjal, mari de Crépine, fille de Jeanne et de Jean de Saint-Marcel, dont nous avons parlé; le prix de vente fut de deux cents livres tournois payées comptant[2].

On ne peut, à l'aide des documents dont nous venons de nous servir, déterminer rigoureusement la position de la maison achetée à Simon Verjal ; ce qu'il est important d'établir, c'est qu'elle était située de l'autre côté de la rue du Petit-Musc, sur le terrain où on devait plus tard mettre l'Arsenal. On voit en effet que ses dépendances touchaient à une plâtrière de Saint-Éloi ; or on sait que cette plâtrière, appelée aussi Champ-au-Plâtre, s'étendait au delà de la rue du Petit-Musc[3] ; nous aurons d'ailleurs à revenir sur cette partie de l'hôtel Saint-Pol, celle qui subsista le plus longtemps, en parlant de l'Hôtel-Neuf que Louis XI habita quelquefois; mais il était utile de montrer que, dès Charles V, l'hôtel n'était pas compris dans le cadre qu'on lui a toujours donné, c'est-à-dire le quadrilatère formé par la Seine et la rue Saint-Antoine d'une part, la rue Saint-Pol et la rue du Petit-Musc d'autre.

écrit plus bas Putti-Muce, acheminement manifeste vers le nom actuel.

1. Pièces justificatives, n° II.

2. *Ibid.*, n° V.

3. Cf. Jaillot, *Recherches sur Paris*, t. III, quartier Saint-Paul, p. 13.

V.

Désormais, l'hôtel dont nous nous occupons était constitué et digne d'abriter un roi ; aussi un des premiers actes de Charles V fut-il de confirmer ce qu'avait fait le dauphin en le nommant solennellement « l'ostel de Saint-Pol », et en le déclarant irrévocablement uni au domaine de la couronne. L'acte dans lequel Charles V fit cette déclaration est, à proprement parler, un titre de fondation ; il semble que le roi ait voulu distinguer l'hôtel de Saint-Pol de tous ses autres châteaux en lui accordant, pour ainsi dire, des lettres de noblesse comme nous n'en avons rencontré pour aucun autre, et en choisissant le plus habile scribe pour les rédiger [1]. On n'en a publié cependant jusqu'ici qu'une copie pleine d'incorrections ; il était de notre devoir d'en donner un texte correct d'après l'acte original lui-même :

Charles, par la grace de Dieu roy de France, savoir faisons à touz presens et à venir que nous qui avons touzjours desiré et desirons de tout nostre cuer l'acroissement de l'eritage du royaume et de la couronne de France, considerans que nostre hostel de Paris appellé l'ostel de Saint-Pol, lequel nous avons achaté et fait edifier de noz propres deniers, est hostel solennel et de granz esbatemens, et ouquel nous avons eu plusieurs plaisirs, acquis et recouvré à l'ayde de Dieu santé de plusieurs granz maladies que nous avons eues et souffertes en nostre temps ; pour lesquelles choses et autres qui à ce nous ont esmeu, ayens au dit hostel amour, plaisance et singuliere affeccion, avons voulu et ordené de nostre propre mouvement, certaine science, plaine puissance et auctorité royal, voulons et ordenons par la teneur de ces presentes que nostre hostel dessus dit, tout ainsi comme il se comporte, extent en lonc, en ley, en toutes ses parties haut et bas avec touz les jardins, appartenances et appendances d'icelui quelconques, soit et demeure à touzjours perpetuellement propre demaine et heritage de nostre dit royaume et de la couronne de France pour nous et noz successeurs roys de France. Et lequel hostel, les jardins et toutes leurs appartenances quelconques, en quelconques estat qu'il soient, et tout ce que nous y avons acquesté, acreu, acquesterons et accroistrons, nous adjoingnons, adunons et annexons au demaine du royaume et de la dicte couronne sanz ce que jamais à nul jour il en

1. L'acte original appartenant au carton J. 154 (n° 5) fait partie du musée des Archives sous le n° 383. On peut lire dans l'*Inventaire du Musée* (p. 217) la description de ce chef-d'œuvre de calligraphie.

soient ou puissent estre desjoint, divisié ou separé pour quelconques dons ou ottroys que nous en facions ou puissions faire, feust à nostre très chiere et amée compaigne la royne, à noz enffans se aucuns en avions, à noz tres chiers freres ou à aucuns d'eulx, ne à autres quelconques de nostre sanc, ne aussi noz diz successeurs, pour quelconque autre cause, soit pour raison de partages qui se pourroient faire entre nos hoirs ou successeurs, ou d'assiette de douaires fais ou à faire par nous ou noz diz successeurs, à roynes ou autres femmes de quelconques estat ou condicion que elles soient, ne autrement en aucune maniere; lesquelz dons ou ottrois, partages ou assiettes pour cause de douaire ou autrement, se faiz en estoient, comment que ce feust, nous dès maintenant pour lors les cassons, irritons et adnullons du tout, et decernons par ces mesmes lettres par nostre decret royal estre de nulle value. Et voulons et declairons de nostre auctorité et puissances royaulz que d'ores en avant ycelui nostre hostel ne doye ou puisse estre desjoint en aucune maniere du demaine de la dicte couronne de France, et que ycellui après le palais royal soit propre et especial hostel de nous et de noz successeurs roys, du propre demaine et heritage du dit royaume et de la couronne de France à tousjours perpetuelment. Et pour que ce soit ferme chose et estable sanz nul rappel, Nous avons faict mettre nostre grant scel à ces presentes faittez et donnéez en nostre dit hostel royal de Saint-Pol, l'an de grâce M CCC LXIV au mois de juillet.

[Sur le repli :] Par le roy, OGIER.

C'est bien là l'expression d'une prédilection marquée de Charles V pour son hôtel Saint-Pol, nous dirions presque d'un amour paternel ; on trouve ce sentiment dans l'acte entier, mais surtout dans cette phrase « ayens au dit hostel amour, plaisance et singulière affeccion » ; il serait, croyons-nous, difficile de montrer dans un autre texte du moyen âge le témoignage d'une telle affection pour un monument de ce genre, et nous osons affirmer que jamais Charles V n'a ainsi parlé du Louvre ou du palais royal ou de quelque autre de ses châteaux.

Nous avons encore d'autres commentaires à ajouter à cet acte. On remarquera d'abord la phrase « l'ostel de Saint-Pol, lequel nous avons acheté et fait édifier de noz propres deniers » comme n'étant pas absolument vraie, l'hôtel d'Étampes au moins ayant été payé par la ville de Paris. Cette phrase a suggéré à M. Cocheris une réflexion légèrement inexacte : « La seule chose importante à noter, dit-il, c'est que l'hôtel de l'archevêque de Sens et celui de Jean d'Hestomesnil avaient été payés avec l'argent provenant de l'impôt ordonné pour la délivrance du roi Jean, ce qui n'avait pas empêché le roi, malgré ce singulier virement, de déclarer, dans son édit de réunion du mois de juillet 1364, que son hôtel avait été acheté et édifié de ses propres deniers[1]. » Or au mois de juillet 1364, nous n'avons encore eu à nous occuper ni de l'hôtel des archevêques de Sens ni de celui de Jean d'Hestomesnil.

L'acte royal porte encore que le roi a recouvré à l'hôtel Saint-Pol « santé de pluseurs maladies qu'il a eues et souffertes ». S'il en était ainsi en 1364, une ordonnance de Charles VI nous prouve que les choses étaient bien changées en 1412 : il fallut, pour raison d'hygiène, détourner le cours de l'égout du pont Perrin qui passait sous les fenêtres de l'hôtel. Voici le passage, intéressant pour nous, de cette ordonnance[2] :

Comme par vertu de certaines noz autres lettres et pour pourveoir aux infeccions et immundices qui se arrestent et assemblent par un aigout couvert passant par devant nostre hostel de Saint-Pol ouquel nous faisons nostre principal residence, et pareillement par devant l'hostel de nostre tres chier et tres amé ainsné filz le duc de Guienne, daulphin de Viennois, par quoy l'aer d'entour nostre dit hostel et celluy de nostre dit fils peut estre et est plus corrompu que ailleurs, noz amez et feaulx conseilliers maistres Oudart Baillet et Oudart Gencien se soient transportez en la rue Saint-Anthoine de nostre dicte ville de Paris, et.... aient veu et visité et fait veoir et visiter les aigoux estans au lieu dit le Pont-Perrin, pour savoir se l'on pourroit trouver avantage à faire aigouter par ailleurs que par iceulx aigoux les eaues qui vont depuis la porte Baudès jusques dedenz les diz aigoux, lesquelz sont couvertz de maçonnerie et vont jusques près de la porte Saint-Anthoine...

Quant à la suite de l'acte et aux prohibitions que le roi y réitère de vendre ou d'aliéner en quelque partie ou en quelque manière que ce soit le nouvel hôtel royal, on dirait que Charles V pressentait le peu d'efficacité que devait avoir son ordonnance et les démembrements successifs qui continuent presque sans interruption l'histoire de la formation de l'hôtel Saint-Pol.

---

1. Lebeuf, édit. de M. Cocheris, t. III, p. 447.

2. Arch. nat. KK, 1008, f. 20 r°. — Cf. Lecaron, *loc. cit.* p. 111. Nous ferons observer que dans ses *Énigmes des rues de Paris*, publiées en 1860, M. Edouard Fournier parle de cette ordonnance de 1412 comme s'il l'avait vue imprimée, mais sans indiquer de source (p. 10 et note).

VI.

L'acquisition la plus importante restait à faire, celle de l'hôtel des archevêques de Sens, terminant le rectangle du côté de la Seine. Il y eut à ce sujet des négociations assez longues dans le détail desquelles nous devons entrer. En 1296, Becquard, archevêque de Sens, avait acheté, moyennant 840 livres parisis, à Pierre Marcel l'aîné, « une maison, granges et jardins, sis à Paris en la paroisse Saint-Pol hors des murs, sur la rivière[1]. » Quand Becquard mourut, vers 1310, il légua cette maison à l'archevêché[2]. Le texte du testament porte même qu'il l'avait fait construire : « domum quam Parisius acquisivimus et emimus a Petro Marcelli, cive Parisiensi, *et quam construi fecimus* prope ecclesiam fratrum Barratorum ante Secanam » ; il est probable du moins que des travaux considérables y avaient été faits pour l'approprier au séjour d'un archevêque. Ce même testament porte que l'hôtel est chargé de 40 livres tournois et stipule que si un archevêque successeur de Becquard ne veut payer cette rente, les exécuteurs testamentaires devront procéder à la vente de la propriété. Enfin Becquard donnait à l'un des exécuteurs, chanoine de Sens, d'autres maisons ou petites granges contiguës à l'hôtel, avec un droit d'allée pour en sortir du côté de la Seine, qui durent probablement être comprises dans l'acquisition que fit Charles V.

La vente d'une propriété épiscopale ne pouvait se faire aussi librement que celle de biens laïques ou même de biens appartenant à un couvent ; le roi dut en demander l'autorisation à la cour de Rome. Le pape délégua les évêques de Paris, de Beauvais et de Chartres pour présider à cette transaction[3] ; mais avant que leur consentement n'eût été rédigé, dès 1365, Charles V possédait l'hôtel de Sens. Le prix de vente fut fixé à 11,500 francs, dont 1,500 pour acheter une nouvelle demeure aux archevêques de Sens. Voici le texte de l'acte royal[4] :

---

1. V. l'*Inventaire des Archives de l'Yonne,* publié par M. A. Quantin, art. G, 96 (pièces provenant de la ville de Sens). Les archives de l'Yonne renferment presque toutes les pièces dont nous avons à nous servir dans ce chapitre, et en outre plusieurs documents importants sur le nouvel hôtel des archevêques de Sens.

2. Voir Pièces justificatives, n° VII.

3. Arch. nat. J. 154, n° 6. L'acte a été publié par Félibien dans les *Preuves* de l'*Histoire de Paris,* t. V, p. 660.

4. Arch. nat. J. 154, n° 7. M. Delisle a publié cette pièce dans les *Mande-*

Charles... à noz amez et feaux conseillers les generaulx tresoriers à Paris sur le fait des aides ordenez pour la delivrance de nostre tres chier seigneur et pere, que Dieu absoille, salut et dilection. Nous, en recompensation de l'ostel qui fu de l'archeveschié de Senz que nous avons eu pour adjoindre avecques le nostre lès Saint-Pol à Paris, avons ordené, afin que ailleurs nostre amé et feal conseillier l'arcevesque de Senz[1] et ses successeurs arcevesques de Sens puissent estre herbergiez d'ostel à Paris, la somme de 11,500 frans pour ce paiée et delivrée, c'est assavoir pour paier l'ostel de nostre amé maistre Jehan de Hestomesnil seant pres des Beguines à Paris[2], lequel nous avons acheté du consentement de nostre dit conseiller, pour li estre herbergiez, comme dit est, 1,500 frans, et pour accroistre le dit hostel et paier les coustemens et missions qui pour ceste cause seront necessaires 10,000 franz. Si vous mandons... Donné à Paris le penultieme jour d'aoust, l'an de grace mil trois cens soixante et cinq, et de nostre règne le second.

Les quittances de l'archevêque de Sens attestent que la vente se fit réellement; le dernier payement, 1,000 francs d'or, fut effectué le 4 juillet 1366[3].

Dès que le roi s'était occupé d'acquérir l'hôtel de Guillaume de Melun, le chapitre de Sens, intéressé par le testament de Becquard à la propriété de cet hôtel, s'émut et adressa à Charles V de longues doléances sur ses droits et l'état où les dernières guerres avaient réduit ses finances[4] :

---

ments de Charles V, n° 248, mais sans donner la formule initiale qui atteste ce virement de fonds dont parle M. Cocheris.

1. Guillaume de Melun, archevêque de Sens de 1344 à 1376.

2. Il y aurait à faire une monographie intéressante de cet hôtel, qui fut désormais la résidence des archevêques de Sens, et les Archives départementales de l'Yonne en fourniraient presque la matière. Voici quelques indications que nous relevons à ce sujet dans l'*Inventaire* rédigé par M. Quantin : « Bulle du pape Grégoire XI à l'évêque de Paris portant recommandation d'inviter l'abbé de Tiron d'amortir la maison appartenant à l'archevêque de Sens, sise à Paris près la porte Barbeau en la censive dudit abbé (1374). — Baux de l'hôtel des archevêques à Paris, à Le Dreux et autres (XVIIe siècle). — Plan de l'hôtel de Sens situé rue de la Mortellerie à Paris (liasse G, 96).

Plus heureux que l'hôtel Saint-Pol, l'hôtel de Sens est encore debout. On peut admirer les deux tourelles de son portail au carrefour formé par les rues du Figuier, de l'Hôtel-de-Ville et du Fauconnier. On sait d'ailleurs qu'il est aujourd'hui occupé par l'industrie.

3. Voir Pièces justificatives, n° VIII.

4. Nous les trouvons dans les Portefeuilles de Fontanieu à la Bibl. nat., vol. 90, avec les autres pièces relatives à l'hôtel des Barrés.

Au roy nostre sire, supplient vos humbles chapelains et devotz subgiez doyen et chapitre de l'église de Sens que si comme il vous a pleu de leur escripre naguères par vos gratieuses lettres vous ayez desir et affection d'avoir et appliquer à vous l'hostel de l'archeveschié de la dicte esglise de Sens appellé l'hostel des Barrez, assis lez vostre hostel royal de Sainct-Pol à Paris, en faisant toutes voyes et premierement souffisant recompensation à la dicte esglise par la maniere qui sera regardé et ordené...

Les chanoines faisaient observer qu'ils prennent 50 livres parisis de rente sur ledit hôtel des Barrés, et que le roi perçoit la moitié des revenus de la ville de Pont-sur-Yonne[1], plus le tiers des « emolumens et proffictz du mollin de la dicte ville » ; que par suite il serait facile au roi d'abandonner ces revenus « aus diz supplians ». D'ailleurs il est advenu « que par le tems de guerres, l'an LVIII, le dit moulin fut ars et detruit du tout, et par ainsy vous estiez tenu à la moitié des mises pour refaire de nouvel le dit moulin, lequel a vacqué l'espace de sept ans ou environ..., et par ce aussy que le dit moulin a chomé et vacqué par le dit temps et vacque encore comme dit est, pour ce que vos dictes gens n'ont pas voulu contribuer pour vous à la refection du dit moulin, iceux supplians en ont esté desjà dommagez en la somme et quantité de XX muids de grain ou environ... » Le chapitre demande encore au roi de lui restituer le droit de haute, moyenne et basse justice dont jouissait le cloître avant 1339, époque à laquelle l'immunité en fut violée par les sergents et officiers royaux, et au sujet de laquelle le Parlement, saisi, n'a pas encore décidé. La requête se termine par ces mots : « et ilz prieront Dieu pour vous. »

Ces réclamations et ces promesses ne semblent pas avoir beaucoup touché Charles V; le 29 juin 1365[2], il adressa à l'évêque de Chartres et aux gens de ses comptes un mandement[3], leur enjoignant de mettre le chapitre en possession des cinquante livres de rente qu'il avait au moulin de Pont-sur-Yonne, sans accorder autre chose.

1. Yonne, arrond. de Sens, chef-lieu de canton.

2. La date de l'année n'est rien moins que sûre ; Fontanieu (vol. 50) dit entre parenthèses : « il faut que ce soit 1365 » ; nous inclinons au contraire à la croire postérieure à 1368, ou au moins de la même année ; ce n'est en effet qu'en 1368 que les évêques nommés par le pape confirmèrent la vente.

3. Delisle, *Mandements de Charles V*, n° 229 ; d'après Fontanieu (vol. 90).

Ce n'était pas assez des 11,500 livres payées à l'archevêque de Sens et de la rente de 50 livres abandonnée aux chanoines ; en 1368, les lettres patentes des trois évêques nommés par le pape déclarèrent que l'hôtel vendu au roi valait 300 livres de revenu amorti, en dehors du don de l'hôtel de Jean d'Hestomesnil ; en conséquence, le roi devait rétrocéder à l'archevêché tous les revenus qu'il avait acquis récemment de Guillaume de Melun dans le diocèse de Sens. L'acte est daté du nouvel hôtel de Sens : « Datum et actum Parisius in hospicio supra scripto, situato ante portam Beguinarum[1]. »

Désormais l'hôtel de Sens était bien la propriété du roi, mais il n'avait pu attendre l'autorisation des délégués du pape : dès 1366 une ordonnance réunissait le nouveau domaine aux autres bâtiments de l'hôtel Saint-Pol. On y retrouve l'esprit et les termes de l'ordonnance de 1364 ; nous devons toutefois citer les passages relatifs à la nouvelle acquisition :

... Nous ayons parfait desir et volonté à l'acroissement du dit hostel, et ycelluy faire en toutes ses parties si noble et spacieux comme il affiert à hostel et demeure royale, duquel le regart, la bonne et noble ordenance demonstre aucune fois la noblesse et puissance du Seigneur. Et pour ce, nostre Saint Pere le Pape, à nostre priere ait voulu et consenti que l'ostel de l'archeveschié de Senz, heritage de l'eglise, qui estoit pres joignant du dit hostel de Saint-Pol, soit et demeure nostre et à noz successeurs perpetuelment, parmy certain recompensation que nous en avons faicte à l'eglise et à l'arcevesque pour en acquerir heritage... ouquel hostel nous entendons à faire edefier et ordener pluseurs habitacions pour les demeures des gens de nostre hostel et de noz offices, si que mieulx et plus convenablement et diligemment nous et noz diz successeurs en puissions estre servis, et aussi ayons entencion de acquerir plusieurs granches et manoirs estanz et joingnant à nostre dit hostel[2], pour ycelluy faire et tenir plus ample et plus spacieux, et par ce y continuer mieulx la prosperité et santé de nostre personne au plaisir de Dieu et au proffit du gouvernement du peuple qui nous a commis, nous ycellui hostel de Sens ainsi nouvellement acquis, si comme il se comporte et extent, en toutes ses parties et en chascune d'icelles avec toutes ses appartenances et appendances, et tout ce generalement et especialment que acquis avons environ nostre dit hostel de Saint-Pol depuis nostre dicte union,

1. Félibien, *Histoire de Paris*, Preuves, t. V, p. 659.

2. *Ibid.*, p. 658 et suiv. La citation que nous avons faite provient du texte original aux Arch. nat. J. 154, pièce n° 8.

acquesterons aussi et accroistrons, voulans estre de la condicion de nostre dit hostel auquel nous les adjoingnons, par ces presentes avons uny et annexé, adunons et annexons au demaine de la dicte couronne de France sanz ce que jamais à nul jour il en soient ou puissent estre desjoint, divisé ou separé... [1]

Il est presque inutile de redire que l'hôtel de Sens s'étendait entre la Seine [2], l'hôtel Saint-Pol proprement dit (c'est-à-dire celui du comte d'Étampes et des abbés de Saint-Maur), la rue Saint-Pol et la rue du Petit-Musc jusqu'au couvent des Célestins.

Ce fut la dernière acquisition de Charles V pour l'hôtel Saint-Pol, et on peut dire que l'ordonnance de 1366 en consacre définitivement la formation, appartenant ainsi tout entière au règne de ce roi.

VII.

Pour ne pas interrompre le récit chronologique que nous faisons ici, et avant de parler des embellissements que reçut l'hôtel Saint-Pol dès sa fondation, nous devons dire un mot des acquisitions que Charles VI fit pour l'agrandir encore.

---

1. Ce sont probablement les dépendances de l'hôtel mentionnées dans le testament de Becquard.

2. Le testament de Becquard le prouve assez ; voici en outre un passage de Froissart que nous donnons plutôt pour la peinture de mœurs qu'il contient que comme témoignage à l'appui. Il s'agit des fêtes données à Paris lors de la réception d'Isabeau de Bavière, en 1389 : « Sur le point de cinq heures, la royne de France accompaignie des duchesses dessus nommées se departy du palais de Paris et s'en vint en sa littiere descouverte parmy les rues au plus long, et les dames aussi en leurs littieres et sur leurs pallefrois, et vindrent à l'ostel du roy que on dist Saint-Pol *sur Sainne.* En la compaignie de la royne avoit plus de mille chevaulx et le roy de France entra en ung batel sur Sainne et se fist navier parmi la riviere jusques à Saint-Pol ; quoy qu'il soit grant assés et bien amendé, on avoit fait faire en la court qui contient grant place *ainsi que on entre ens par la porte de Sainne,* et charpenter une tres haulte sale, laquelle estoit toute couverte de draps escrus de Normandie, lesquels draps on avoit fait venir de plusieurs lieux, et les parois estoient parées et couvertes à l'environ de draps de haultes lices d'estranges histoires lesquelles on veoit tres voulentiers. Et, dedans cette salle, donna le roi à soupper aux dames, mais la royne demoura en ses chambres, et là souppa, et point ne s'amonstra celle nuit. Et les autres dames, le roy et les seigneurs danserent et esbatirent toute la nuit jusques sur le point du jour que les festes cesserent et retournerent chascun et chascune en son lieu pour dormir et reposer. » (*Œuvres de Froissart,* édition de M. Kervin de Lettenhove, *Chroniques,* t. XIV, p. 17.)

Ces acquisitions furent d'ailleurs peu importantes, si l'on en juge d'après les documents qui subsistent, et de fait, il était désormais superflu d'étendre les dépendances de l'hôtel, puisqu'un seul des bâtiments achetés par Charles V, celui qu'on appelait au XVIe siècle l'hôtel de la Reine, avait une superficie double de celle du Louvre au XIVe siècle [1].

« En 1398, dit Sauval [2], Charles VI acheta l'hôtel du Petit-Musc qui lui coûta 4,000 livres et qui tenoit tant au couvent des Célestins qu'au Champ au Plâtre, que les fossés séparent maintenant de la ville. » Il faut nous contenter de cette mention laconique, au sujet de laquelle nous n'avons trouvé aucun document précis ; le fait est, du moins, très vraisemblable après ce que nous avons dit de la maison de Simon Verjal touchant à la rue du Petit-Musc et à la rue du Plâtre ; l'hôtel acheté par Charles VI devait lui être contigu, mais Sauval ne nous éclaire ni sur le propriétaire précédent ni sur les dimensions du bâtiment.

Il est peut-être téméraire de comprendre dans les limites de l'hôtel Saint-Pol du commencement du XVe siècle la maison que Charles VI donna en 1405 à son frère le duc d'Orléans [3].

---

1. Voyez plus bas. D'après M. Berty (*Description du Louvre*, loc. cit. p. 139), qui a rectifié les chiffres donnés par Sauval, le Louvre de Charles V aurait eu de l'est à l'ouest trente-huit toises et demie ou cinquante-deux toises quatre pieds avec les fossés, et du nord au sud quarante-et-une toises sans les fossés, ou cinquante-cinq toises et demie avec les fossés.

2. Tome II, p. 183.

3. C'est évidemment de ces constructions que parle Sauval (t. II, p. 73) quand il dit que Charles VI permit au duc d'Orléans, en 1396, « de bâtir une maison dans ce grand espace qui est maintenant couvert du jardin de l'Arsenal, afin de l'approcher de l'hôtel Saint-Pol où il faisoit sa résidence ordinaire... » Mais Sauval s'est trompé à la fois sur la date et sur la nature de la donation.

On sait quels goûts artistiques avait Louis d'Orléans, et les fragments de comptes que nous donnons en appendice à ce travail n'en seront pas une preuve nouvelle. C'était là un héritage paternel ; comme Charles V, il aima à construire ou au moins à embellir les hôtels qu'il habita, de façon à les transformer entièrement au bénéfice de l'art. Nous n'avons pas à parler ici de la magnifique chapelle qu'il fit faire aux Célestins, mais nous pouvons remarquer avec Sauval qu'il eut trois hôtels dans le voisinage de Saint-Pol : celui dont nous nous occupons maintenant; l'hôtel de Giac ou d'Hugues Aubriot, situé rue Saint-Pol en face l'église et que nous aurons encore à mentionner, enfin le célèbre hôtel des Tournelles, dont nous aurons occasion de reparler plus bas. On trouvera dans le livre de M. Aimé Champollion, *Louis et Charles, ducs d'Orléans*, Paris, 1844, in-8°, des indications et des

Voici cependant les raisons qui nous semblent défendre cette opinion : les termes de la donation royale[1] montrent que cette maison, située rue Saint-Antoine, près de la Bastille, aboutissait par derrière aux jardins du couvent des Célestins ; c'est dire qu'elle devait toucher également à cet hôtel du Petit-Musc que, au dire de Sauval, Charles VI avait acheté récemment, et à l'enclos plus ancien de Simon Verjal. D'autre part, l'acte porte que Charles VI y avait fait faire des réparations et l'avait donnée au grand maître de son hôtel, Jehan de Montaigu[2], « et en icelle maison ayons fait faire certains ediffices et reparacions, ouvraiges et jardinages à nostre plaisance, et depuis eussions et ayons la dicte maison et toutes ses dictes appartenances et appendances, donnez et octroyez à nostre amé et feal chevalier, conseiller et grand maistre de nostre hostel Jehan, seigneur de Montaigu, vidasme de Laonnois, à la vie de lui et de sa femme et du survivant... » Il ne semble pas que le roi ait dû faire faire des réparations et jardinages, même des édifices, ailleurs que pour son hôtel, et enfin nous allons dire dans un instant que le grand-maître de l'hôtel avait ou devait avoir son logement dans l'enceinte même du palais.

La maison de Jean de Montaigu passant au duc d'Orléans, il

---

textes curieux sur ce côté si intéressant de la vie du duc d'Orléans ; malheureusement les sources ne sont pas toujours indiquées avec une exactitude suffisante.

1. V. Pièces justificatives, n° XV.

2. Jehan de Montaigu avait habité aussi l'hôtel Barbette qu'il vendit à Isabeau de Bavière, et dont le nom est lié à la mort tragique du duc d'Orléans. Le texte suivant, qui nous l'apprend, mérite d'autant plus d'être cité qu'il a un rapport direct avec notre sujet : « Joannes de Monte Acuto, domini nostri regis consiliarius, gratia sibi et heredibus suis facta ut pro usu et utilitate eorumdem ac hospicii sui prope portam Barbette, Parisius siti, sumptibus et expensis suis capiant et habeant ac venire faciant in dicto hospitio, per bonos et rationabiles tuellos et conductus, grossum unius pizi de aqua fontium qui veniunt in hospitio domini nostri Regis Parisius prope ecclesiam Sancti Pauli siti, et, propter hoc, dictus dominus Rex voluit et ordinavit aquam dictorum fontium augmentatam esse de quadam soursa in campo Johannis Vincentii subtus locum dictum de Sains existentis, et illam positam et additam esse in tuellos dictorum fontium, ad hoc quod dicta aqua in dicto hospitio Sancti Pauli veniens, ratione dicte gratie non diminuatur, prout in litteris domini Regis in filis sericis et cera viridi sigillatis datis Parisius mense maii anno 1397.... plenius continetur. » (Extraits des registres des chartes royales de la Chambre des Comptes, dans les mss. Menant, à la bibliothèque de Rouen, t. XII, f. 42 r°.)

fallait trouver un autre séjour pour le grand-maître. Charles VI y pourvut le 5 octobre 1418 par l'annexion de bâtiments sur lesquels la charte royale ne fournit que les renseignements qui suivent[1] :

Nous considerans les faultes et abusions que le temps passé ont esté et encores sont souventes foiz faictes et commises ou fait et gouvernement de nostre hostel, pour ce que noz amez et feaulx conseillers les maistres de nostre dit hostel par faulte de logeis ont esté comme encores sont logiez assez loings du lieu où nous avons tenu et tenons nostre dit hostel, et mesmement de cest nostre hostel lez Saint-Pol à Paris où sommes de present, et que en l'ostel que a longuement tenu feu Jehan de Roussay, chevalier, et sa femme, situé à Paris en la rue de Sainct-Pol, joignant d'une part à l'hostel qui fu à feu le seigneur d'Osmont, et d'autre part à l'hostel qui fu à feu le seigneur de Boissay, aboutissant par derriere à nostre dict hostel de Sainct-Pol, et lequel hostel fu anciennement et doit estre de nostre demaine et des appartenances d'icellui nostre hostel pour les causes dictes, auquel deux des maistres de nostre dit hostel pourroient aysément estre logiez...

Il est bien difficile de déterminer rigoureusement l'emplacement de cette maison. Nous avons bien trouvé un acte du XVIe siècle où on voit que l'hôtel d'Aumont était rue Saint-Pol « au coin de la rue des Barrez, vis-à-vis le trou punais[2]; » or, l'hôtel des deux grands maîtres y joignait d'une part; mais ce n'est pas là un renseignement suffisant. Faut-il croire qu'il s'agit de ces constructions que le testament de Becquard mentionnait comme dépendant de l'hôtel de Sens, et où Charles V, aux termes de l'ordonnance de 1366, devait édifier plusieurs demeures pour les gens de son hôtel? C'est encore l'hypothèse la plus vraisemblable.

Un fait qu'aucun historien de Paris n'a connu, c'est que l'hôtel Saint-Pol avait des dépendances de l'autre côté de la rue Saint-Pol, à côté de l'hôtel de Giac et à peu près en face de l'église. C'étaient les « communs », l'écurie de la reine. Nous en trouvons la première mention dans un compte de la prévôté de Paris,

---

1. Pièces justif., n°s XVI-XVII.

2. « Jehan Lyonne, receveur de l'escurye du roy, reconnoit être détenteur d'une maison appellée l'hôtel d'Aumont, sise rue Saint-Pol au coin de la rue des Barrez vis-à-vis le trou Punaiz, » 2 avril 1540 (Bibl. nat., mss. fonds fr. 26,310, n° 24).

daté de 1413, que Sauval n'a fait que signaler[1] : « D'une maison assise à Paris devant l'église Saint-Paul qui fut à messire Guy de Champdivers et depuis à la reine Jeanne de Bourbon, donnée à vie par le roy nostre sire à Jean Dutrain pour cent sols parisis de rente par an, si comme dit est au compte d'Ascension 1394, lequel Jean Dutrain est allé de vie à trespassement ; après le trespassement duquel la reine a pris et appliqué à elle icelle maison si comme appert par ses lettres données le vingt-six juin 1395... » Il faut passer au XVIe siècle pour la rencontrer de nouveau dans les textes ; c'est encore à un compte de la prévôté de Paris que nous en devons la mention[2] : « D'une maison scize devant Saint-Paul, qui fut messire Jehan de Chandenier[3], laquelle estoit appelée l'Escurie de la royne, baillée à Symon Aguiton le 28 novembre 1505, pour en jouir dix ans en payant vij livres parisis... »

L'écurie de la reine suivra les destinées communes à tous les bâtiments de l'hôtel, la location d'abord, la vente ensuite. Cependant elle subsista sous ce nom jusqu'à la seconde moitié du XVIIe siècle pour le moins, comme on peut le voir par un plan de cette partie de la rue Saint-Pol, conservé aux Archives nationales[4]; mais il n'est pas besoin de dire qu'alors ce nom n'était plus qu'un souvenir.

Enfin, c'était encore presque une dépendance de l'hôtel Saint-

1. *Recherches des antiquités de Paris*, t. III, p. 265.

2. Copié dans Fontanieu, portefeuille 156.

3. Doit-on lire Champdivers, comme dans le compte de 1413, et voir dans ce Jean un des parents d'Odette? Nous ne pouvons que mentionner ici le fait en renvoyant à la notice de M. Leroux de Lincy sur les Champdivers (Bibl. de l'École des chartes, 4e série, t. V, p. 71).

4. Ce plan est coté: Série N, Seine, 3e classe, n° 95; il n'est pas daté, mais son écriture et l'indication : « maison appartenante en 1633 à Martin Anceaume » qu'on lit sur l'emplacement d'une maison, sont des indices suffisants. Ce n'est donc pas un document contemporain ; il est cependant intéressant à consulter, non-seulement pour le point actuel que nous traitons, mais aussi pour la topographie de ce coin de Paris. Il est vraisemblable que ce plan faisait partie des titres de l'église Saint-Pol, avec lesquels il a passé aux Archives. Nous pensons du reste qu'il fut fait par la fabrique de cette église à une époque où elle voulait acquérir les terrains dont l'écurie de la reine occupait une partie; on remarquera qu'une place voisine appartient aux marguilliers de Saint-Pol et que ce sont les deux seules places indiquées (sauf la maison de Martin Anceaume et quelques autres assez éloignées). Une dernière preuve enfin, et la plus concluante, est le nom même du plan : « L'Écurie de la reine. »

Pol que cette maison dite du roi de Sicile, donnée à Charles VI en 1390 par le comte d'Alençon[1] et qui était située de l'autre côté de la rue Saint-Antoine, dans la « coulture Sainte-Catherine » ; du moins c'est là que se faisaient les joutes et tournois quand le roi était à Saint-Pol, bien que l'hôtel eût une cour spéciale à cet effet, la cour des joutes, dont nous reparlerons.

CHAPITRE II.

Tel fut l'hôtel de Charles V et de Charles VI ; sa *composition* (il n'y a pas d'autre mot plus exact) avait duré environ soixante ans (1360-1418) ; dès que la mort de Charles VI le rendit désert, on oublia et cette gloire d'un demi-siècle et l'inviolabilité que son fondateur avait prescrite ; malheureusement, ce ne fut pas assez d'un oubli qui nous aurait conservé au moins quelques ruines ; les rois ne se souvinrent de l' « hôtel solennel » que pour défaire pièce à pièce le travail de leurs prédécesseurs.

Ce sera la matière de notre troisième chapitre de raconter ces aliénations, mais nous croyons utile de dire tout d'abord quelques mots de l'empressement que mit Charles V à approprier son nouveau séjour au luxe d'une résidence royale.

Dès 1361, c'est-à-dire à une date où l'hôtel d'Étampes seul avait été acheté, on faisait un oratoire, ou plutôt un prie-Dieu[2] pour une des chapelles du roi.

L'année suivante, la concierge et jardinière des jardins de Saint-Maur et de Saint-Pol recevait 36 livres pour l'entretien du jardin de Saint-Pol[3].

---

1. « Pierre, comte d'Alançon et du Perche, donne au roy l'hostel estant à Paris près de Sainte-Catherine du Vau des Escoliers, appellé l'hostel de Sicile, pour faire les joustes et tournois. Il l'appelle ensuivant la Closture Sainte-Catherine, le penultiesme mars 1389, f. 223 v°. » (Extraits des mémoriaux de la Chambre des Comptes, Bibl. nat., fonds fr. 2,836, f. 3 v°.)

2. « Charles... nous vous mandons que 60 frans d'or que nous avons receu de nostre tresorier Jehan d'Orbec pour bailler à Jaque Cirasse, hucher, pour faire l'*oratoire* de nostre chapelle d'en haut à nostre hostel lez Saint-Paul. » (Bibl. nat., mss. fonds fr. 20,415, f. 12 r° ; copies de Gaignières.) Il semble bien, d'après ce texte, qu'il s'agisse d'un prie-Dieu.

3. « A Jehanne la Bouchiere, concierge et jardiniere de noz jardins de Saint-Mor et de nostre hostel d'emprès Sainct-Pol lès Paris, vous bailliez... la somme de trente six livres sur ce qu'il li est ou puet estre deu à cause des euvres

En 1364, nous voyons un peintre nommé Évrard recevoir 6 francs, « vallant IIII l. x s. p. pour remuer et changer les armes et refaire les lions qui sont sur la porte de Saint-Pol, lesquelles estoient escartelées de fleurs de lis et de dalphins, par marché fait à luy par Me Raymond du Temple, maçon du roy nostre sire[1], xve jour de juin 1364 et quittance donnée 22 du dit mois. »

La même année, des constructions importantes nécessitant du bois de charpente étaient entreprises[2].

Nous pourrions multiplier les citations, mais celles-ci suffisent à l'objet présent, et nous renvoyons à la seconde partie pour de plus amples détails.

CHAPITRE III.

I.

C'est dans la nature même de l'hôtel Saint-Pol que nous croyons trouver la cause des démembrements que les rois de France en firent dès la seconde moitié du xve siècle. Si l'hôtel fondé par Charles V eût été, comme le Louvre, le palais de la cité, le château de Vincennes, un bâtiment unique, ou du moins un ensemble homogène de bâtiments, il eût subsisté en tout ou en partie. Bien différents, à la vérité, de ce qu'ils étaient au xve siècle, le Louvre, le palais de la cité, le château de Vincennes sont encore debout;

---

que elle a fait et fait de jour en jour en nostre dit jardin. » (Bibl. nat., mss. fonds fr. 25,701, n° 195.)

1. Nous parlons plus bas de ces deux artistes dont le dernier surtout est célèbre. — La quittance d'Evrard est extraite du manuscrit de Menant conservé à la Bibliothèque de l'Arsenal, n° 6,362, f. 46 r°.

2. « Thomas d'Acy, Jacques de Chartres et Jean de Treillon pour avoir abbattu, besogné et mis en chantier tout le merrien de l'hostel Madame de Valence à Saint-Germain des Prez pour les œuvres de l'hostel du roy à Saint-Pol, par marché fait à eux par Me Jacques de Chartres, charpentier du roy, 7e jour de decembre 1364... XXX l. p. — Poncet le Bourguignon et Jean de Vaux, voicturiers, pour avoir mené en l'hostel du roy à Saint-Pol tout le merrien qui a esté abbattu de l'hostel Madame de Valence à Saint-Germain des Prez, par marché faict... XXIIII l. p. — A Antoine Boulau pour avoir mis et entassé en la *granche de Saint-Mor*, emprès le dit hostel de Saint-Pol, une partie du dit merrien et le demeurant mis en chantier, par marchié fait IIII l. XII s. p. » (Menant, mss. de l'Arsenal, f. 53 v° et 54 r°.) — Cette grange, où on réunit les matériaux de construction, et que notre texte appelle grange de Saint-Mor, ne serait-elle pas la même que nous avons vue possédée

tout au contraire, l'assemblage peu harmonieux des diverses maisons que Charles V et Charles VI avaient acquises dut tenter leurs successeurs, pressés chaque année par des besoins d'argent incessants; ils firent l'œuvre inverse de leurs prédécesseurs et cédèrent les bâtiments à des particuliers, un par un, pour ainsi dire, et à des intervalles plus ou moins rapprochés, de même qu'il avait été fait au temps de la formation.

II.

Nous daterons la première aliénation du règne de Louis XI[1]: Le 17 août 1463, le roi donna à son conseiller Charles de Melun « l'hostel vulgairement appellé de la Royne, autrement l'hôtel de la Pissotte[2] », situé rue Saint-Antoine, touchant à une maison du côté de la Bastille et d'autre part au cimetière de l'église Saint-Paul. C'est la première fois qu'un document mentionne ce nom d'hôtel de la Pissotte[3], il est donc difficile de donner sur lui des

par les abbés de Saint-Maur dès le XIIe siècle, et qui, au dire de Jaillot, aurait fait place à l'hôtel de Saint-Maur acheté en 1362? Ce serait là un argument positif à opposer à l'affirmation de Jaillot.

1. On ne peut voir un premier démembrement de l'hôtel dans cet acte fort obscur d'ailleurs que nous trouvons dans la collection Fontanieu, *Portefeuilles,* 804-806 : « Pierre d'Omont, dit Hutin, chevalier. Donum sibi factum per regem de quadam antiqua massura sive masseria, que quondam fuit defuncti Guillelmi d'Andrezel, militis, contigua ab una latere curie hospitii regis juxta Sanctum Paulum Parisius, et ab alio latere, jardino supradicti d'Omont, et ejus heredibus ad hereditatem, solvendo de cetero anno quolibet in perpetuum domino Regi ac ejus successoribus regibus Francie die Pentecostes unum sertum rosarum... Datas Parisius die 23 junii 1394. » La masure abandonnée par le roi à Pierre d'Omont était, comme ce mot et la redevance à laquelle elle est soumise l'indiquent bien, une construction d'une fort médiocre importance et qui ne dut jamais faire partie de l'hôtel royal proprement dit. Nous en dirons autant de ces maisons dont Jaillot a trouvé l'indication dans le censier de l'évêché de 1495 : « Au XVe siècle, dit-il, M. de Graville acquit de la veuve de Louis Toutain, notaire et secrétaire du roi, plusieurs maisons qui furent M. le Dauphin, Jean du Petit-Mesnil et Julien Charon et par avant à Mme la reine de France, et souloient demeurer jusques à la rue du Petit-Musc. »

2. La pièce a été publiée par Félibien, *Histoire de Paris*, t. III, p. 562.

3. Jaillot, qui a connu cet acte, n'en parle que pour relever une erreur de Piganiol de la Force : « Je trouve qu'en 1463 Louis XI avait donné au comte de Melun l'hôtel de la Pissotte que M. de Piganiol a mal à propos distingué de l'hôtel de la reine; il n'a pas, à ce que je crois, été mieux fondé à y renfermer la Bastille, cet hôtel étant situé vis-à-vis celui de Saint-Paul. »

renseignements précis ; nous avons cependant tout lieu de croire que c'est la demeure du Beautreillis que nous allons voir désignée tout à l'heure sous le nom d'hôtel. Le fait intéressant ici est l'aliénation en elle-même ; il est probable d'ailleurs que ce fut moins une aliénation qu'un bail à loyer, bien que l'acte stipule une donation et que nous y lisions les mots : « pour le posséder perpetuellement ». Nous avons déjà vu des exemples, et nous en verrons d'autres encore, de donations qui ne sont autre chose qu'un bail ou qu'une vente. Au reste, si Louis XI avait renoncé à tous droits sur la maison cédée, la Chambre des Comptes n'eût pas manqué de protester ; or, nous n'avons aucun témoignage de protestation ; bien plus, c'est à un registre de cette assemblée que Félibien a emprunté le document en question.

En janvier 1482 (n. s.), Louis XI donne à l'église Saint-Pol, « pour la tres grant, singuliere, parfaicte et entiere devocion qu'il avoit toujours eue au tres glorieux appostre et amy de Dieu monseigneur sainct Pol, et à son eglise parrochial[1] », la partie de l'hôtel voisine de l'église, par conséquent celle que le plan de Truschet appelait en 1550 « l'hostel de la Reine », et que le plan de l'Écurie de la Reine nomme « la Court de la Reine » ; en récompense, les curé et chapelains de saint Pol devaient dire tous les jours à l'issue de la grand'messe et de vêpres une antienne et la prière spécialement adressée à Saint-Pol ; il est donc permis de croire, d'après les termes de l'acte, que c'était une donation pure et simple.

Le 11 mars 1482, le prévôt de Paris vidima le don royal à la requête du curé, Jean Roussel ; on peut voir dans ce vidimus la minutieuse indication des antiennes et oraisons qui devaient être chantées devant « l'ymage Saint-Pol », etc.[2].

Au mois de février de la même année[3] le roi avait encore donné à la même église une petite enclave touchant au cimetière et

---

1. Pièces justif., n° XX. — Une autre raison invoquée par le roi est que « les curé et chappellains de la dicte eglise soient plus enclins et curieulx interceder envers Dieu nostre createur, la tres glorieuse Vierge Marie sa mere et mon dict seigneur saint Pol pour la prosperité et sancté de nostre personne, de nostre tres cher et tres amé filz Charles, daulphin de Viennois, de noz successeurs roys de France et de la chose publicque de nostre royaume. »

2. Arch. nat. S. 3,472. Le curé de Saint-Pol s'engageait à chanter ces antiennes tous les jours à la fin de la grand'messe et vêpres.

3. Pièces justif., n° XXI.

dépendant de cet hôtel de la Pissotte qu'avait reçu Charles de Melun, et qui avait fait retour à la couronne après que ce personnage eut eu la tête tranchée, par ordre du roi, le 20 août 1468.

Les paroissiens de Saint-Pol avaient exposé au roi leur entreprise de faire des galeries ou charniers[1] autour dudit cimetière, et que ce coin de l'hôtel de la Pissotte, long de quatre toises et large de deux et demie[2], leur serait nécessaire pour rectifier la « carrure » du cimetière ; or, cet emplacement sert, disaient-ils, à un jeu de paume « où adviennent plusieurs grans debatz, crieries, parjuremens et blasphémemens dont les messes et services de la dicte esglise et aussy qui se font à un autel ou chappelle fondée au dict cimetiere contre la dicte place ou enclave, et les predications qui se font au dit cimetiere ont esté par plusieurs fois troublez et empeschez en grand mespris et irreverence de notre createur, retardement et perturbation du dit service et predications... »

Enfin, pour terminer cette énumération des largesses faites à l'église Saint-Pol, Louis XI avait abandonné en 1465 à la fabrique l'horloge de l'hôtel[3] ou plutôt la cloche de l'horloge, qu'on avait aussitôt suspendue dans le clocher de l'église[4].

Nous n'avons aucun doute à élever sur l'efficacité des deux dernières donations ; quant à la première, celle par laquelle Louis XI échange l'hôtel Saint-Pol contre des antiennes, il est évident qu'elle n'eut pas de résultat. La preuve en est fort claire ; nous verrons François Ier, en 1519, faire la même donation, et l'on jugera, par le détail des complications qu'elle engendra, si elle eût pu avoir son effet dans le cours de la dernière année de Louis XI.

III.

Charles VIII et Louis XII laissèrent interrompue l'œuvre qu'avait entreprise Louis XI ; mais François Ier la reprit avec ardeur et son règne ne suffit même pas à la terminer.

---

1. Ce sont les charniers de Saint-Pol dont M. l'abbé Valentin Dufour a fait la monographie (*Revue universelle des Arts*, année 1866); malheureusement l'auteur n'a pas connu ce document qui lui aurait fourni des détails intéressants.

2. C'est-à-dire une superficie d'environ 34 mètres carrés.

3. Nous consacrons plus loin un paragraphe à cette horloge et à la tour qui devait la renfermer.

4. Pièces justif., n° XIX.

Toute la partie de l'hôtel voisine de la Seine, l'ancienne demeure des archevêques de Sens, était abandonnée depuis longtemps ; on avait utilisé les cours et espaces vides en faisant des chantiers de bois ; ce fut celle-là que François Ier aliéna la première ; au mois de novembre 1516, il la donna au grand-maître de l'artillerie, Jacques de Genoulhac, dit Gaillot, sénéchal d'Armagnac. Les considérants de cette transaction consacrent définitivement l'anéantissement de l'hôtel Saint-Pol[1] : « Considerans, dit le roi, que nous avons en cette nostre ville de Paris un grand hostel fort vague et ruineux, à nous appartenans de nostre domaine, assis près l'eglise Saint-Paul, auquel nous n'avons accoutumé faire residence parce que avons en nostre dicte bonne ville plusieurs autres bons logis et places somptueuses, et que le dit hostel nous est et à nostre dit domaine de peu de valleur, ainsi que presentement nous convient fournir argent pour satisfaire tant au payement de nos gens de guerre qu'à plusieurs pensions envers plusieurs etrangers, auxquels nos deniers, domaines, aydes et autres, attendu les grandes charges qui sont sur iceux, ne peuvent satisfaire[2]... » La vente était faite moyennant deux mille écus d'or soleil valant quatre mille livres tournois, plus quatre livres tournois de rente et douze deniers parisis de cens. En outre le preneur devait « faire et reparer bien et suffisamment le dit hostel qui de present est en ruine comme dit est. »

C'était un immense terrain qu'acquérait à si bon compte le grand-maître de l'artillerie, terrain couvrant une superficie de 1585 toises entre la rue Saint-Pol, le quai, la rue du Petit-Musc et la rue qui prit depuis le nom de rue des Lions ; mais c'était là une violation formelle des ordonnances de Charles V. La Chambre des Comptes le comprit bien ainsi et refusa d'enregistrer les lettres du roi ; le droit de remontrance dont jouissaient les cours souveraines ne pouvait être supérieur à la volonté royale, surtout au XVIe siècle ; François Ier fit enregistrer l'acte « de son exprès commandement ». Nous avons retrouvé le très curieux procès-verbal de cette protestation[3] ; on y remarquera surtout la façon dont le roi tient compte des prescriptions de Charles V.

1. Publ. par Félibien, *Histoire de Paris* (Preuves), t. III, p. 674.

2. François Ier considère en outre que Genouillac a exposé son corps, dit-il, « à la journée de Sainte-Brigide entre Milan et Merignan où estions en propre personne. »

3. Menant, *Manuscrits de Rouen*, t. XII, f. 106 v°. Sauval en parle sans

« Du 2 mai 1517. Ce jourd'huy, après que de la partie de messire Jacques de Genoulhac dit Galiot, chevalier, seneschal d'Armagnac, grand maistre et capitaine general de l'artillerie du roy nostre dit seigneur, ont esté presentées à MM. du bureau trois lettres patentes du dit seigneur par les premières desquelles qui sont en forme de chartres et données à Amboise au mois de novembre 1516, le dit seigneur luy a donné, ceddé et transporté certaines portions de l'hostel de Saint-Pol assizes en ceste ville de Paris, à plain declarées es dictes lettres, tant pour le recompenser de ses bons services que aussy moyennant la somme de IIIm livres tournois qu'il en a payé comptant à iceluy seigneur, et III livres tournois de rente avec XII deniers parisis de cens qu'il en sera tenu payer chacun an à la recepte ordinaire de Paris, lesquelles lettres par nostre dit seigneur[1] veues, ne les ont voulu expedier pour ce que c'est vraye alienacion de demaine, et que le roy Charles V, qui acquist le dit hostel, le reunist et incorpora à la couronne de France sans jamais en pouvoir estre separé, et, ou dit an, le dit seigneur manda et commanda expressement à mes dis seigneurs procedder à la veriffication et enterinement des dictes premieres lettres, sans eux arrester ne avoir regard à l'union au demaine du dit seigneur du dit hostel, en faisant toutes fois crier et proclamer sur le prix estant, et garder les solemnitez en tel cas requises.... et ce dit jour, le dit seigneur estant en son hostel des Tournelles a envoyé querir par un des huissiers de sa chambre messire Jean Nicolas, chevalier, avec deux autres de messeigneurs auxquels il a recité les dons qu'il avoit faict au dit Galiot, cy dessus mentionnez, et aussy les difficultez qu'il avoit entendues qu'on avoit faictes à l'expedition d'iceux, mais que, non obstant toutes les dictes difficultés et l'union du dit hostel Saint-Pol à la couronne, et que ce soit alienation de son domaine, qu'il vouloit et entendoit, toutes choses cessantes, que on expediast le dict don selon la forme et teneur des lettres qu'on avoit sur ce faict expedier, ainsy que mes dis seigneurs rapporterent au bureau. Consideré par mes dis seigneurs lesquelles choses, ont de l'exprès commandement du dict seigneur plusieurs fois reitéré consenti l'enterinement des dictes lettres selon leur forme et teneur. »

Au mois de janvier 1519 (n. s.), le roi donna à l'église Saint-Pol toute la partie de l'hôtel contiguë au cimetière de l'église et au presbytère[2], par conséquent celle que nous avons vue mentionnée dans la donation de Louis XI, trente-sept ans avant. François Ier avait remarqué que l'église n'était plus assez vaste

en donner le texte (t. II, p. 184).

1. Il faut évidemment lire : nos dis seigneurs.

2. Pièces justificatives, n° XXIII.

pour recevoir ses paroissiens[1]; de plus il affirmait « sa grant devotion et esperance ès merites du glorieux appostre monseigneur Sainct-Paoul »; il n'hésitait donc pas à faire cette donation, à condition que les prêtres de Saint-Pol célébreraient chaque année six obits solennels en retour. Enfin, et pour ne plus avoir de démêlés avec les gens des Comptes, l'acte royal spécifiait « nonobstant l'unyon faicte par feu de bonne memoire le roy Charles le Quint du dit hostel ou dommaine de la couronne de France, et quelzconques ordonnances et prohibitions sur le faict de l'aliénation de nostre dommaine, privilliéges, interdictions et deffences de non allyener la dicte maison, et quelzconques autres ordonnances, mandemens, interdictions, revocations faictes par nous et de noz predecesseurs, que ne voullons prejudicier à ces presentes, ains à iceulx avons desrogé et desrogons par ces presentes. »

Cette fois, il n'y avait qu'à courber la tête; aussi aucune protestation ne fut adressée au roi. Des commissaires délégués par la Chambre des Comptes réglèrent l'ordre des six obits; l'église Saint-Pol devait les célébrer le premier mardi du mois, le plus solennellement et avec le plus beau luminaire que possible; la veille, la fabrique en préviendrait la Chambre pour qu'elle pût se faire représenter; enfin une table d'airain, consacrant cette fondation, serait placée sur l'un des côtés du grand autel[2].

En même temps, deux conseillers firent visiter les bâtiments par un maître des œuvres de maçonnerie et un maître des œuvres de charpenterie; nous emploierons plus loin leurs procès-verbaux, précieux pour la description de l'hôtel; mais il faut dire ici qu'ils estimaient l'hôtel donné par le roi à 120 livres tournois de loyer par an, ou à 3,500 livres tournois pour le vendre en une seule fois[3]. On voit que la « grant devotion » du roi pour Saint-Pol, l'insuffisance du local de l'église et même la célébration de six obits par an n'avaient pas été les seules considérations qui eussent guidé François Ier.

---

1. « ... toutes fois, en frequentant la dicte eglyze pour le service divin, avons certaynement congneu qu'elle n'est assez ample ne spacieuse à recepvoir le peuple qui y afflue pour y prendre les sacremens et oyr le service divin sans grant trouble, desordre et confusion, irreverence de Dieu et contemnement des diz sacremens et service. »

2. Pièces justif., n° XXIV.

3. *Ibid.*, n° XXV. Les faits suivants montreront bien que c'était une vente réelle qu'avait voulu faire François Ier.

Ce ne fut pas cependant à cette date que s'effectua la cession de l'hôtel Saint-Pol ; pour des raisons que la fabrique de Saint-Pol elle-même s'est chargée de nous donner, il faut aller jusqu'à 1541 pour trouver trace de nouvelles négociations relatives à la vente de 1519.

Pendant ces vingt-deux ans, les marguilliers avaient soutenu un procès contre leur receveur qui avait entre les mains toutes les pièces relatives à l'hôtel Saint-Pol et qui ne les avait rendues qu'à la fin de ce procès [1] ; d'un autre côté, les commissaires que la Chambre des Comptes avait délégués en 1519 avaient disparu pendant cette même période, de sorte que, le 6 septembre 1541, la Chambre choisit deux nouveaux conseillers, maîtres Michel Tambonneau et Jean Viole, et leur confia l'enquête que sollicitait l'église [2].

Trois mois après, deux maîtres jurés, l'un, des œuvres de maçonnerie, l'autre, des œuvres de charpenterie, adressèrent le procès-verbal de leur visite à la « Court la Royne ». Leur impression est peu différente de celle qu'avait faite la visite de 1519 ; il est remarquable toutefois que vingt années écoulées aient pu augmenter la valeur de bâtiments abandonnés et en ruine : les jurés estimèrent cette valeur à 220 livres de loyer et à 5,500 livres tournois si on faisait une vente définitive, 7,200 si la vente avait lieu avec amortissement [3].

D'autre part, quatre experts furent invités également à évaluer les mêmes lieux. On les consulta sur ces cinq articles : la situation et l'étendue des bâtiments, leur valeur en revenu annuel ou en vente « pour une foys », les charges dont ils sont grevés, les terrains que pourrait acquérir l'église pour s'agrandir sans prendre ledit hôtel, et les possesseurs de ces terrains, enfin l'intérêt du roi et de la chose publique à cette vente [4].

Leurs dépositions, fort intéressantes d'ailleurs, présentent peu de différences. Ils s'accordèrent tous à dire qu'ils connaissaient depuis longtemps l'hôtel en question : « passez sont quarante ans ; passez sont trente ans » touchant au cimetière, au jardin du Beautreillis, à la maison du grand maître de l'artillerie, et s'étendant

---

1. Pièces justificatives, n° XXVI.
2. *Ibid.*
3. *Ibid.*, n° XXVII
4. *Ibid.*, n° XXVI.

jusqu'à la rue des Célestins ; qu'ils ne le savaient chargé envers personne ; que l'église Saint-Pol ne pouvait s'agrandir commodément que sur ce point ; « que la chose publique n'y aura dommaige, ains prouffict[1] » ; quant à la vente des terrains, ils varièrent entre 150 et 170 livres de loyer, 4,000 et 4,500 livres de vente unique[2].

Il nous manque l'acte de mise en possession, pour l'église, de l'hôtel Saint-Pol ; mais il n'y a aucune raison de croire qu'elle ne fut pas effectuée ; on remarquera cependant qu'en 1543 les marguilliers de Saint-Pol n'avaient pas encore les lettres originales du « don du roi ».

V.

François Ier continua jusqu'à sa mort la désagrégation de l'hôtel Saint-Pol ; il étendit même cette proscription aux autres hôtels inhabités appartenant à la couronne ; c'est ainsi que le 18 mars 1546 le Parlement enregistra un « arrêt au sujet des enchères mises sur les maisons d'Arthois, Bourgogne, l'*hostel de la Royne* et autres places estant en la ville de Paris[3]. »

Nous n'entrerons pas dans le détail de ces mutilations ; on ne pourrait d'ailleurs le faire qu'à condition d'avoir des documents très précis sur chacune d'elles ; or, nous en avons très peu. Il faut cependant dire que l'hôtel de la Reine (on appela de ce nom tout ce qui restait des bâtiments non encore vendus entre la rue Saint-Paul et la rue du Petit-Musc) fut divisé en trente-six places qu'on vendit ou qu'on donna en bail aux enchères. Nous donnons dans nos Pièces justificatives l'acte d'acquisition, en date du 29 janvier 1544 (n. s.), de la première de ces places ; déjà une rue avait été percée à travers l'hôtel, « la rue faicte de neuf dedans l'hôtel de[s] Lions[4] ». La même année, les Célestins reçurent une partie du jardin de l'Hôtel-Neuf, c'est-à-dire des terrains situés au delà

1. *Ibid.* (Déposition de Jean Goulart, maître maçon juré.)

2. Nous avons trouvé un compte de l'église Saint-Pol qui donnera « par le menu » une idée de ce qu'avaient coûté seulement les négociations relatives à cette vente, en dehors de la vente elle-même. On retrouvera le texte aux Pièces justificatives, n° XXV.

3. Félibien, *Histoire de Paris* (Preuves), t. IV, p. 714. Extraits des registres du Parlement.

4. Pièces just., n° XXX.

de la rue du Petit-Musc, en échange d'une maison et jardin dont ils étaient possesseurs, et sur l'emplacement de laquelle passait une nouvelle rue, la rue de la Cerizaye [1].

Henri II acheva les dernières aliénations ; l'hôtel des Lions, l'hôtel de Beautreillis, ou plutôt les ruines de ces hôtels, furent également divisés en places [2]. L'Hôtel-Neuf, que nous venons de nommer et que nous retrouverons encore, passa du moins à des propriétaires dignes de lui, et qui, si le hasard l'eût voulu, auraient pu perpétuer la splendeur de l'hôtel Saint-Pol, Diane de Poitiers, Philibert de Lorme, qui se le partagèrent. Le lot de Diane « se consistoit en plusieurs corps d'hôtel et edifices contenant sur la ruelle Saint-Antoine seize toises deux pieds de longueur sur quatre toizes et une grant court de XXI toizes de long sur dix-sept toises quatre pieds de large, aux deux costez de laquelle court y a plusieurs appentilz, un grand corps d'hostel sur le derrière, contenant dix-sept toises quatre pieds de largeur et quatre toizes et demie de profondeur, jardin derrière, contenant XXII toizes de longueur sur une toize de largeur [3]. » Sauval nous apprend que le prix fut de 6,540 livres [4].

Quant à Philibert de Lorme, le roi lui avait abandonné, dès la fin de l'année 1547, l'autre partie de l'Hôtel-Neuf, la maison d'Étampes, « pour se y retirer et faire tailler les pièces de la sepulture du feu roy et aultres ouvraiges necessaires pour icelle, dont le dit seigneur luy a donné la charge et conduicte [5]. » En 1555 de Lorme s'en rendit possesseur [6] et, quand il mourut, en 1577, la légua à sa sœur Jeanne de Lorme [7].

De l'hôtel Saint-Pol il ne reste plus aujourd'hui que le souvenir conservé dans le nom de quelques rues, Beautreillis, des Lions, de la Cerizaye et enfin rue Charles V; sorte d'ironie, bien invo-

---

1. Le nom de la rue n'est pas donné, mais il résulte de la lecture de l'acte. Cf. Pièces justif., n° XXVI.

2. Sauval, t. III (Documents), p. 470 et 471.

3. Menant, *Mss. de l'Arsenal,* f. 14 r° et v°.

4. Sauval, t. II, p. 184.

5. La pièce entière a été publiée récemment dans le mémoire intitulé *La sépulture des Valois,* par M. de Boislisle. *Mém. de la Société de l'Histoire de Paris,* t. III, p. 243 (note 3).

6. Le ms. de Menant, *loc. cit.*, nous apprend que ce fut moyennant 200 livres 2 sous parisis et 8 livres parisis de rente.

7. Le testament de Philibert de Lorme a été publié dans les *Archives de l'Art français,* 2e série, tome II, p. 330.

lontaire sans doute, de donner le nom de Charles V à une rue ouverte sur l'emplacement de l'hôtel qu'il avait cru rendre impérissable.

DEUXIÈME PARTIE.

DESCRIPTION DE L'HOTEL SAINT-POL.

CHAPITRE Ier.

Nous allons entreprendre de décrire l'hôtel Saint-Pol dans toutes ses parties, tel qu'il a pu être sous Charles V et Charles VI. Autant ce travail eût été facile à l'époque où écrivait Sauval, c'est-à-dire avant 1737, lorsqu'on pouvait encore consulter les registres des œuvres royaux et tous les documents perdus depuis, autant il l'est peu aujourd'hui. Il nous faudra souvent signaler des lacunes et laisser des points dans l'obscurité; nous espérons cependant que cette partie de nos recherches ne sera pas absolument dépourvue d'intérêt, car on y trouvera, outre ce qu'a pu dire Sauval, des renseignements nouveaux, puisés à des sources que ne connaissait pas cet historien.

Il nous a paru utile de réunir dans un seul chapitre, au lieu de les disperser dans des notes, les notions biographiques que l'on a sur les artistes employés aux travaux d'embellissement de l'hôtel Saint-Pol. On va voir qu'elles se réduisent à peu de chose; encore faut-il s'estimer heureux de les posséder, quand on sait que plusieurs architectes des admirables châteaux de la renaissance sont entièrement inconnus, et qu'on a peu d'espoir de retrouver même leur nom.

Le plus célèbre architecte du XIVe siècle est sans contredit Raymond du Temple, auquel Charles V confia la restauration du Louvre, et qui eut certainement la surveillance des œuvres de Saint-Pol, du moins en ce qui concernait la peinture et la sculpture. Nous le trouvons à deux reprises mentionné dans des quittances d'artistes de cette façon : « *par marché fait à luy par Me Raymond du Temple*[1]. »

---

1. Voir plus haut, p. 25.

M. J. Quicherat lui a consacré une notice[1] suivie de quatre documents auxquels nos recherches n'ajoutent presque rien. Une liste des fonctionnaires des œuvres royaux a du moins une date : « Raymond du Temple *retenu*, maître maçon du roi en la vicomté de Paris, 22 Avril 1364[2] », ce qui prouve qu'avant cette époque il était déjà maître maçon. Il l'était encore en 1376, mais en 1394 son titre est : maître des œuvres de maçonnerie. La même liste nous apprend que, le « 31 juillet 1402, Jehan du Temple, maître des œuvres du roi, prêta serment. » Qu'était ce Jean du Temple? Probablement le fils de Raymond et le frère de ce Charles ou Charlot, le filleul du roi, qui en 1376 lui donnait 200 francs pour acheter des livres[3].

Nous retrouvons Jean devant le Parlement en 1410 pour une affaire qui n'a aucun rapport avec notre sujet ; l'arrêt du Parlement (16 juin 1410)[4] contient cependant un passage intéressant sur la charge de maître des œuvres : « Entre Mes J. du Temple, maistre des œuvres de maçonnerie, Guillaume Fremin et J. Tiebaut d'une part, et J. de Tours et le prevost des marchans d'autre part, dit du Temple et les autres que du Temple est maistre general de la maçonnerie de ce royaume et a la visitation sur tous maçons, plastriers, pierriers du royaume; et se baille cet office par election. Dit qu'il a la cognoissance se plastre ou pierre est bon aux jurez qui sont soubz lui et tient sa juridiction sous la porte du Tresor à l'entrée du Palais, et, se cause dont doie avoir

1. *Bibliothèque de l'École des chartes*, 2e série, t. III (1846), p. 55 et suiv.

2. Bibl. nat. Mss. Fontanieu 797.

3. *Ibid.* Les deux premières quittances publiées par M. Quicherat sont relatives à ce don ; les deux autres, datées de 1394, montrent Raymond du Temple employé aux travaux que le duc d'Orléans faisait faire aux Célestins.

4. Collection mss. de Delamarre, à la Biblioth. nat., fonds fr. 21677, fol. 60 ro. Le même volume contient au fol. 2 une note de Delamarre sur les origines de la même charge : « La jurisdiction du general des œuvres de maçonnerie est fondée sur les articles 9, 10, 11, 12 et 14 des statuts faits sur le mestier des maçons, lesquelz statutz ils pretendent fort anciens et mesme avant 1317, parce qu'ils raportent que le mardy après Noel de la dicte année 1317 le roy establit Pierre de Ponthoize juré du mestier de maçonnerie au lieu de Me Regnault Breton, mais la consequence n'est pas bonne ; au contraire, dans ces ordonnances le roy donne la garde du mestier à son maçon, si bien que lors le juré du mestier et le garde pouvoient estre deux, et en effet, depuis, ils ont été distingués et encores à present l'on distingue les vingt-quatre jurés d'avec le garde ou autrement general des œuvres. »

la congnoissance va devant le prevost de Paris, à sa requeste luy en fait le renvoy, et en connoît lui et ses jurez... »

Nous avons cité également le nom d'Évrard le peintre et de Jean de Saint-Romain, imager. Pour le premier, on sait seulement qu'il était peintre du roi en 1329, d'après un compte du trésor donné par M. Guigue [1]. Pour le second, il travailla surtout à la décoration du Louvre où on le voit « tailler deux reprinses, l'une un beuf et l'autre un esgle tenant un rouleau en manière des Evangelistes, lesquelz servent sur le chanteau où sont les armes du Roy [2] », et orner de statues la chapelle de la reine [3].

Il faut aussi parler de toute une famille de peintres célèbres au XIVe siècle, les d'Orléans, Girard [4] et Jean [5], qui firent des travaux au château de Saint-Germain, et enfin François, le seul que nous trouvions employé aux peintures de Saint-Pol ; ce fut à lui que Charles VI confia la décoration de la grande chapelle dont nous reparlerons à son lieu. On n'a d'autre renseignement sur lui que cette mention : « Franciscus de Aurelianis, valletus camere domini regis, pictor regis, loco patris sui pro vadiis suis de 6 solidis par. per diem [6]. »

Lorsque l'hôtel ne fut plus habité, et avant sa ruine complète, nous y trouvons encore des artistes, mais ce n'est plus pour embellir la demeure royale, c'est pour y sculpter les tombeaux de Charles VII et de Louis XI. Deux comptes publiés par Sauval en font foi :

En l'hostel de la reine près de Saint-Pol, reparations des galleries du dit hostel où est le grand preau de la Fontaine au Lion, sous laquelle gallerie estoient les ouvriers tailleurs de pierre et images, besognans de marbre et de pierre la sculpture de feu le roi Charles dernier trespassé. [Il s'agit ici de Charles VII [7].]

Et plus loin :

---

1. *Archives de l'Art français*, 1re série, t. VI, p. 61.
2. Voir les *Comptes des travaux faits au Louvre*, etc., publiés par M. Leroux de Lincy, *loc. cit.*
3. Sauval, t. II, p. 282.
4. *Archives de l'Art français*, 1re série, t. II, p. 343. Il vivait en 1343 et était mort en 1373.
5. *Ibid.*, V, 176. Cf. *Revue universelle des Arts*, année 1855, t. II, p. 286.
6. *Archives de l'Art français*, t. V, p. 179 ; documents publiés par M. de Montaiglon.
7. Sauval, t. III, p. 373.

A ..... et à ..... la somme de trente-neuf sols parisis qui due leur estoit par le roy pour avoir, par l'ordonnance de Me Estienne Chevalier, tresorier de France, transmué de lieu en autre la sepulture du roy Loys qui estoit sous les galleries de l'hostel de Saint-Pol à Paris appartenant au dit seigneur, et icelle mise en la tour carrée estant au dit hostel pour estre plus seurement, avec une pourtraiture de pierre de taille en façon et semblance d'un petit seigneur assis sur un petit cheval et en armes.

A Martin Gentiel, maçon et tailleur de pierres, et Estienne Hainselin, huchier et menuisier, la somme de neuf livres quatre deniers parisis qui due leur estoit par le roy pour avoir, par eux et leurs aides, été querir en l'hostel de la reine et mené seurement en la grant salle du Palais la representation du roy nostre dit seigneur qui à present est, et icelle avoir montée et assise au pillier estant en la ditte salle près du lieu où est la representation de feu le roy Charles, son pere, cui Dieu pardoint[1].

On doit voir ici deux pièces différentes dans la « portraiture » et la « sepulture ». Cette dernière fut transportée à Notre-Dame de Cléry où est le tombeau de Louis XI, et non à Saint-Denis comme celle de son père; quant à la statue, elle alla en effet orner la grande salle des Pas-Perdus au Palais. L'incendie de 1618 la détruisit ainsi que toute la série des rois de France[2]; Corrozet, qui put encore les voir, nous a conservé les inscriptions placées au bas de chaque statue. Voici celle de Louis XI : « Loys, unziesme, fils du roy Charles septiesme, fut roy l'an mil quatre cens soixante et un et deceda le vingt quatriesme an de son regne, mil quatre cens quatre vingts trois. Il est à genoux devant l'image Nostre-Dame[3]. »

On ignore malheureusement le nom des sculpteurs qui « besongnèrent » à ces trois œuvres.

CHAPITRE II.

L'absence de symétrie était, nous l'avons déjà dit, le caractère de l'hôtel Saint-Pol; il est donc impossible de donner une idée

1. Sauval, t. III, p. 400. Extraits des comptes de la prévôté de 1471. On voit que Louis XI faisait lui-même travailler à son tombeau.

2. Voir dans l'ouvrage d'Androuet du Cerceau, *Les plus excellens bastimens de France* (édition de M. Destailleur, t. II), la gravure représentant la salle du Palais avec les statues, chacune sur un pilier.

3. *Les antiquités, chroniques et singularités de Paris, augmentées par N. Bonfons*, édition de 1586, p. 101.

complète de ces bâtiments dans leur ensemble. Voici néanmoins ce que nous savons de la partie de l'hôtel avoisinant l'église, celle que François Ier vendit à la fabrique de Saint-Pol en 1519 :

L'hôtel [1] s'ouvrait sur la rue Saint-Pol par un grand portail flanqué d'une petite porte donnant accès dans une vaste cour [2] bordée de constructions peu élevées. A gauche, c'est-à-dire contre le presbytère, un petit jardin ; de l'autre côté, des bâtiments sans importance, des « masures » se rattachant à un corps d'hôtel à pignon sur la rue ; en face du portail, d'autres bâtiments qui séparaient la première cour d'une autre cour. Au centre de celle-ci était une fontaine « la fontaine au lion »; tout autour, des corps d'hôtel, et au fond un grand bâtiment « en forme de tour carrée à plusieurs étages et grandes galeries »; au-delà, un préau, et enfin une dernière cour entourée aussi de masures et donnant issue sur la rue du Petit-Musc; le tout couvrant une superficie de 13,528 toises environ (167 toises en longueur sur 81 deux pieds en largeur).

Rien ne devait être plus morne, lorsque les maîtres des œuvres les visitèrent, que ces ruines; on trouve à chaque ligne des procès-verbaux l'expression de ce sentiment : « les corps d'hostel sont de present en partie masures cheutz et fonduz par terre, et en aultre partie couvertz de thuille excessivement corrompuz et en danger de choir. » C'est bien là cet « hostel vague et ruineux » dont parlait François Ier.

Sans avoir les mêmes documents pour les autres parties de l'hôtel, on peut conjecturer qu'elles devaient être à peu près dans le même état de décrépitude. Le livre de Sauval contient une description des hôtels de Beautreillis et des Lions à la même époque ; ce sont toujours les mêmes bâtiments avec sallettes au rez-de-chaussée, chambre et grenier au-dessus, réunis par une vis, et que des cours ou des jardins, dont on a fait des chantiers, séparent irrégulièrement [3].

---

1. Il ne s'agit ici que de donner une vue d'ensemble, une vue *cavalière* : les paragraphes suivants décrivent chaque partie de l'hôtel en particulier.

2. Septembre 1416 : « A Baudet du Mont et Jehan du Sablon pour eulx IIIIe de compagnons, qui ont nettoiée la grant court de l'ostel de Saint-Pol, les ordures portées hors... VIII s. » (Comptes de la reine, Archives nationales, KK 49, fol. 26 v°).

3. Voy. t. III, p. 471.

CHAPITRE III.

Tour carrée.

Nous venons de voir mentionnée une tour carrée; la tour était de rigueur dans tout château du moyen âge, même dans un château non fortifié, comme celui dont nous nous occupons. Il semble que les rois ou les grands seigneurs ne se seraient pas crus en sûreté sans leur tour, rappelant le donjon des forteresses. En fait, c'était la partie la plus sûre de l'hôtel [1] ; c'est là que Charles V renfermait ses coffres, du moins ceux qui le suivaient dans toutes ses résidences. On sait qu'en 1367 ceux de Saint-Pol contenaient onze mille sept cent vingt-quatre francs d'or, somme modique assurément, mais ne représentant qu'une partie du trésor royal disséminé au Louvre, à Beauté, à Melun et dans d'autres châteaux.

C'est encore dans la tour qu'on avait dû placer l'horloge de l'hôtel, celle dont Louis XI donna la cloche à l'église Saint-Pol, et qui, selon toute vraisemblance, datait du règne de Charles V. C'est en effet ce roi qui fit installer sinon la première horloge [2], du moins la plus ancienne qui existe aujourd'hui à Paris, la célèbre horloge du Palais, et d'autres documents prouvent qu'il en fit placer au Louvre [3], et à Beauté-sur-Marne [4].

Quoi qu'il en soit, l'horloge de l'hôtel Saint-Pol eut les mêmes destinées que les bâtiments où elle « sonnait les œures ». Louis XI, nous l'avons déjà dit, la priva de sa cloche au profit de l'église,

---

1. On se rappelle que la sépulture de Louis XI, celle que devait renfermer l'église de Cléry, avait été transportée des galeries en la tour carrée « pour estre plus seurement. »

2. M. Boutaric, dans ses *Recherches archéologiques sur le Palais de Justice* (*Mém. de la Société des Antiquaires de France*, t. XXVII), a cité un acte de 1299 (extrait du journal du Trésor) d'après lequel on voit que Philippe le Bel fit faire une horloge : « Petrus Pipelart, aurifaber, pro quodam horologio faciendo. »

3. Voir l'étude sur le *Louvre* de M. Édouard Fournier, 1re livraison du *Paris à travers les âges*, p. 21.

4. « XL frans bailliez à maistre Jehan Jouvence, faiseur de cloches, pour un tymbre qu'il a fait pour nous pour nostre hostel de Beauté-sur-Marne ; à maistre Pierre l'orlogeur, XX frans pour un petit aurloge qu'il a fait pour nous. » (L. Delisle, *Mandements de Charles V*, n° 1561.)

et il est douteux qu'on l'ait rétablie après 1465. Le compte de la double opération qu'il fallut faire pour « despendre la cloche » et la placer dans la tour de l'église est fort intéressant[1] ; il fallut plusieurs ouvriers « tant fondeurs que charpentiers et maçons » pour faire ce travail dont les marguilliers de Saint-Pol payèrent les frais. La cloche de Saint-Pol ne devait donc pas être une clochette : d'ailleurs le même compte nous apprend « qu'on fit lors faire un bastant de fer pour sonner la dicte cloche, du pois de soixante-huit livres, qui cousta soixante-huict sols parisis, et depuis, faict reffaire le dict bastant du pois de soixante-dix-neuf livres de fer, pour ce qu'il fut trouvé que la dicte cloche portoit plus gros bastant, et pour ce faire fut payé par les dis marregliers la somme de trente-sept sols parisis. »

Nous n'avons pas rencontré mention d'autres horloges à Saint-Pol.

CHAPITRE IV.

Intérieur de l'hôtel Saint-Pol.

On voudra bien nous suivre maintenant dans l'intérieur de Saint-Pol où notre guide constant va être Sauval. Ses recherches contiennent deux chapitres précieux, — *la grandeur de chaque pièce de tous les appartemens royaux* et *les dedans des maisons royales,* — où l'hôtel Saint-Pol figure pour une bonne part. Nous commencerons donc par lui laisser la parole, sauf à compléter ou à critiquer ses renseignements quand il y aura lieu.

A l'hôtel Saint-Pol, dit Sauval[2], la chambre du Conseil étoit longue de huit toises quatre pieds, large de quatre et autant de pieds, et contigue à une salle basse où dînoit Charles V et encore à une chambre où il mangeoit aussi quelquefois, qui avoit sept toises quatre pieds de longueur sur quatre toises et quelque quatre ou cinq pieds de largeur.

Sa grande chambre de parade, nommée la chambre de Charlemagne, portoit quinze toises de long sur six de large.

Sa chambre avoit huit toises de longueur, et de largeur quatre et demie.

Son grand cabinet, quatre de longueur et trois de largeur.

---

1. Pièces justif., n° XIX.
2. *Antiquités de Paris,* t. II, p. 275 et ss.

Sa grande garde-robe, cinq toises un pied sur trois toises trois pieds et demi.

Les galleries, quinze, vingt-quatre et quarante-deux toises.

La chambre de la reine avoit quatre toises et demie de long sur quatre de large ; celle où elle couchoit en contenoit quatre de longueur et autant de largeur.

Sa garde-robe étoit longue de quatre et large d'une.

Son grand cabinet, de quatre toises sur trois de largeur.

Son petit cabinet, de deux toises sur dix pieds.

Sa grande gallerie, vingt-quatre toises de longueur.

Outre sa grande chapelle qui tenoit à une salle appelée la salle de Theseus à cause des faits de Thésée qu'un peintre du tems y avoit représentés, elle avoit encore une autre petite chapelle dans son appartement et une troisième dans l'eglise de Saint-Paul, de deux toises deux pieds de long sur deux toises de large, où elle alloit entendre le service par une gallerie, c'est-à-dire par une allée large de quatre pieds et longue de huit toises, où elle fit faire une grande croisée afin d'entendre le sermon qu'on disoit quelquefois dans le cimetière.....

Après ce que j'ai rapporté de l'hôtel Saint-Pol, on ne peut pas douter qu'il ne s'y trouvât une très-grande quantité d'appartements et un nombre presque infini de chambres ; les principales se nommoient :

La chambre lambrissée.

La grande chambre lambrissée, appellée la Chambre verte.

La chambre des grands aulmoires.

La chambre de Just[1].

La chambre de Mathebrune[2], occupée par le grand-maître d'hôtel de la reine, ainsi nommée à cause des faits de cette héroïne qu'on y avoit représentés.

Touchant les salles, il y avoit la salle de Sens.

La salle de Saint-Maur.

La salle verte.

La salle aux Bourbons.

La salle de Theseus, parce que les gestes de ce héros y étoient représentés sur les murailles.

Les autres, en très-grand nombre, ou n'avoient point de nom, ou n'étoient pas considerables.

Pour ce qui est des chapelles, outre celles que le roi, la reine, leurs

---

1. Peut-être doit-on voir dans ce mot *justice*, salle des requêtes du palais.

2. Matabrune est, dans le roman du Chevalier au Cygne (*Histoire littéraire de la France*, t. XXII, p. 391), le nom de la grand'mère et persécutrice des héros du vieux poème.

enfans et les princes du sang avoient chacun en leur particulier auprès de leurs appartements, il y en avoit encore trois autres grandes, l'une à l'hôtel de Sens, une autre à l'hôtel Saint-Maur, et la dernière à l'hôtel du Petit-Muce, où Charles V, Jeanne de Bourbon et le dauphin venoient entendre la messe en public avec leur cour, et où ils avoient fait mettre des orgues, surtout à celle de Sens.

Voilà une longue liste de chambres ou de salles, sans parler des galeries dont nous traiterons spécialement; il est cependant certain que Sauval ne les a pas toutes données. C'est ainsi qu'outre la chambre du Conseil il y avait une salle spéciale pour les requêtes du Palais, la « chambre des requestes de Saint-Pol » [1]; nous savons en outre qu'en 1375 Jean Amiot, le payeur des œuvres, reçut quatre cents francs d'or « pour tourner et convertir en l'édifice d'une chambre double que l'on fait oudit hostel et les galeries de l'ostel qui fut à l'arcevesque de Sens » [2]. Il nous est d'ailleurs impossible de dire ce qu'était cette chambre double, et quelle en fut la destination; mais le fait n'en est pas moins bon à signaler.

L'inventaire des meubles et joyaux de Charles V publié par le comte de Laborde [3] contient la mention de deux pièces omises par Sauval, les *estudes du Roy à Saint-Pol*. On y lit que la petite étude, celle d'en-bas, était décorée d'un tableau en quatre parties représentant le roi, l'empereur son oncle, Jean le Bon son père, et Édouard III, roi d'Angleterre.

La haute étude devait être plus vaste; elle était précédée d'une antichambre, petite chambrette renfermant un lit, au pied duquel était un tapis de poil de chèvre; un autre tapis formait le dossier, et la couche était couverte « d'un tapis vermeil, de plus long poil que les autres et de plus déliée euvre. »

Sauval nous conduit ensuite des appartements du roi dans ceux de la reine; c'étaient en effet des bâtiments distincts, que de solides portes rendaient indépendants [4]; nous ajouterons à la liste

1. « Andrieu du Verger pour faire une serrure et un verroul pour l'huis de la chambre des requestes de Saint-Pol et pour un autre verroul... une clef et une serrure de fer pour la chambre du Conseil emprès la chambre basse... » (Menant, mss. de l'Arsenal, *loc. cit.*)

2. Bibl. nat., Mss., *Pièces originales*, n° 55, *verbo* Amyot.

3. *Revue archéologique*, 1re série, octobre 1850-mars 1851, p. 498, 616.

4. « II gros gons et gasches mis et assis en l'uis des jardins du costé de l'ostel du roy » (Comptes de la reine Isabeau; Archives nationales, KK 49,

donnée par Sauval la chambre ou plutôt le *retrait* des demoiselles d'honneur de la reine[1].

Sauval n'a fait qu'indiquer sommairement les *communs* de l'hôtel ; nous en trouvons une liste plus complète dans l'inventaire du 13 décembre 1420 qu'a publié M. Douët d'Arcq[2]. Il y avait « la chambre des joyaulx, la chambre des nappes, l'eschançonnerie, la fruiterie, la saucerie, la chambre des espices. »

Les bains et les étuves étaient ou devaient être une des curiosités de Saint-Pol. Sauval nous apprend qu'ils « étoient pavés de pierres de liais, fermés d'une porte de fer treillissé et entourés de lambris de bois d'Irlande ; les cuves étoient de même bois d'Irlande, ornées tout autour de bossettes dorées et liées de cerceaux attachés avec des clous de cuivre dorés[3]. » Un seul compte nous permet de constater la vérité de cette description[4].

On est étonné du grand nombre de chapelles que renfermait l'hôtel Saint-Pol ; il faut dire qu'au moyen âge tous les grands hôtels devaient en avoir une, surtout quand leurs propriétaires appartenaient au clergé. Or, on n'a pas oublié que Charles V avait acheté les hôtels des abbés de Saint-Maur et des archevêques de Sens. Sauval dépeint d'une façon enthousiaste la chapelle principale de la reine[5] : « Dans les siècles passés, dit-il, il n'y en a point eu de plus magnifique que celle qu'acheva Charles V dans l'appartement de la reine à l'hôtel Saint-Pol. Depuis le lam-

---

fol. 22 v°). — A Berthelot de Louvain, pour III grans clefs et avoir desassisé et changé les gardes d'une serreure fermant en ung huis par lequel l'on va de l'ostel de la royne à Saint-Pol en l'ostel du roy, VIII sols » (*Ibid.*, fol. 36 r°). — « Portes et fenestres fermées en l'hostel Saint-Pol par où l'on entroit de l'hostel du roy en celui de la reine » (Sauval, t. III, p. 386, Comptes de la prévôté de 1466).

1. « A Berthelot de Louvain, serrurier, pour II ferrures l'une à bosse et l'autre à ressort garnies de cinq clefs, par lui mises et assises en II huis ou retrait des damoiselles de la dicte dame (la reine) en l'ostel de Saint-Pol, XVI s. » (Arch. nat., KK 49, fol. 34 v°).

2. *Choix de pièces inédites relatives au règne de Charles VI*, publ. pour la Soc. de l'histoire de France, 1863, t. II, p. 361 et ss.

3. Sauval, t. II, p. 280.

4. « A Jaquet Saunier qu'il avoit paié du sien pour la royne, c'est assavoir pour les estuves de la conciergerie de Saint-Pol, etc., XII s., et pour avoir fait desassembler et rassembler, retringlier et relier tout de neuf II cuves à baigner pour la dicte dame, compris le portage, XVIII s.; pour tout, XXVI s. » (KK 49).

5. Sauval, t. II, p. 281.

bris jusques dans la voûte étoit représenté sur un fond vert, et dessus une longue terrasse qui regnoit tout autour, une grande forêt pleine d'arbres et d'arbrisseaux, de pommiers, poiriers, cerisiers, pruniers et autres semblables, chargés de fruits et entremêlés de lis, de flambes, de roses et de toutes sortes d'autres fleurs : des enfans repandus en plusieurs endroits du bois y cueilloient des fleurs et mangeoient des fruits : les autres poussoient leurs branches jusques dans la voûte peinte de blanc et d'azur pour figurer le ciel et le jour, et enfin le tout étoit de beau vert-gai, fait d'orpin et de florée fine. Outre cela, il fit peindre encore une petite allée par où passoit la reine pour venir à son oratoire de l'eglise Saint-Paul. Là, de côté et d'autre, quantité d'Anges tendoient une courtine des livrées du roi ; de la voûte ou, pour mieux dire, d'un ciel d'azur qu'on y avoit figuré, descendoit une légion d'anges jouant des instrumens et chantant des antiennes de Notre-Dame. Le ciel, au reste, aussi bien de l'allée que de la gallerie, étoit d'azur d'Allemagne qui valoit dix livres parisis la livre, et le tout ensemble coûta six vingts écus. Quant aux chapelles, Charles V enrichit la plus grande du même hôtel Saint-Pol de douze figures de pierre représentant les apôtres, hautes de quatre pieds et demi et garnies chacune de coutelas, de croix et des autres marques de leur martyre ; Charles VI les fit peindre richement par François d'Orliens, le plus célèbre peintre de ce tems là ; leurs robes et leurs manteaux étoient rehaussés d'or, d'azur et de vermillon glacé de fin sinople ; leurs têtes, accompagnées d'un diadême rond, de bois, que l'on avoit oublié et qui portoit un pied de circonférence, brilloient encore d'or, de vert, de rouge et de blanc, le plus fin qui se trouvât. Ces diadêmes revenoient à dix sols parisis la pièce, et la peinture de chaque apôtre à quatre livres aussi parisis. »

Ce n'est pas tout : la reine avait encore un oratoire dans ses appartements[1], et, dès 1361, nous voyons Charles V faire exécuter des travaux pour « sa chapelle d'en haut à Saint-Pol[2]. »

Mentionnons enfin la présence de tapis dans la chapelle[3].

---

1. « A Andriet le Maire pour une petite verriere mise en l'oratoire de la royne en l'ostel de Sainct-Pol le XXVIIIe jour d'aoust (1416), VI s. » (Arch. nat., KK 49, fol. 25 r°).

2. V. plus haut, p. 24.

3. « Raoulet le Gay, sommelier de chapelle, pour toile achetée par luy pour couvrir les carreaux de la dite chapelle, samedi 6e jour d'avril, le roy

Les renseignements sont peu abondants sur l'état et la disposition des appartements royaux; nous dirons simplement avec Sauval que « la cheminée de la chambre de Charles V avait pour ornement de grands chevaux de pierre[1]. »

On sait depuis longtemps que les chambres, au moins les principales, étaient nattées, c'est-à-dire que les planchers étaient couverts de tapis de jonc tressé; il en était ainsi dans les appartements de la reine à Saint-Pol[2]. Enfin un compte nous parle des huit fenêtres et des deux grandes portes de la chambre de la reine et des trois fenêtres de son retrait[3], mais ce sont là des faits de médiocre importance.

CHAPITRE V.

Galeries.

L'étude des galeries est une transition toute naturelle entre les appartements et les jardins de l'hôtel Saint-Pol. Sauval en indique un assez grand nombre :

Les galleries hautes sur le Sauvoir, à cause qu'elles l'environnoient.

Les galleries sur le préau de la Cerisaye parce qu'elles le bordoient et peut-être même l'entouroient.

Les galleries de la reine sur le grand préau, qui avoient quarante-deux toises de longueur; la grande gallerie de la reine qui regarde

---

à Saint-Pol à Paris, IX l. XII s. p. » — Le compte suivant paraît indiquer que le jour de Pâques on admettait le peuple à entendre la messe à l'hôtel Saint-Pol avec le roi : « Le roy pour offrandes faites le jour de Pasques en l'hostel de Saint-Pol en sa grant messe dimanche 14e jour d'avril (1370), III frans argent, XLVIII s. p. » (Menant, *Mss. de l'Arsenal*, fol. 33 et 35 r°).

1. Tome II, p. 279.

2. Octobre 1416 : « A Jehan Moreau, natier, pour lui et ses compaignons qui avoient natté la chambre d'icelle dame en l'ostel de Saint-Pol, I escu valant XVIII s. » (KK 49, fol. 30 v°).

3. Mars 1416 (n. s.) : « A Thevenin Guiot, sellier, demourant à Paris, pour avoir feustré pour la royne les VIII fenestres et II grans huis de sa chambre en l'ostel de Saint-Pol, et pour ce faire avoir quis et livré ce qui s'ensuit, c'est assavoir pour une aulne et demie de vert XV s. p. l'aulne valant XXII s. VI deniers; pour XIIIIC et demi de petis cloz blans IIII s. p. X deniers; pour X pieces de ruban VI s. VIII d.; pour deux feustres IIII s., et pour sa peine et salaire de ce faire, par marchié fait à lui, XVI s. » (*Ibid.*, fol. 4 v°). — Décembre 1416 : « A Philippot Blondeau, sellier, demourant à Paris, pour avoir feustré III fenestres ou retrait de bois de la royne en l'ostel de Saint-Pol..... » (*Ibid.*, fol. 37 v°).

sur la cour, longue de vingt-quatre; la gallerie de la reine, longue de onze.

La gallerie du préau du roi et la gallerie basse du préau du roi, longues chacune de plus de dix-sept toises.

Les galleries hautes et la gallerie basse de Mathebrune, longues de quinze; la gallerie de l'hôtel du Petit-Muce, longue de huit.

Les galleries hautes et basses du dauphin, et quant aux hautes, on les nommoit les vieilles galleries couvertes d'ardoises.

Les galleries des dressoirs à l'hôtel de Sens.

La gallerie au-dessus de l'échançonnerie de la reine.

La grande gallerie au-dessus de la chambre de Mathebrune.

La gallerie qui vient du Petit-Muce au jardin du roi.

Les grandes galleries qui sont entre le grand jardin et le préau du Sauvoir; les moyennes galleries d'entre l'hôtel de Sens et l'hôtel Saint-Pol[1].

Il résulte de cette énumération que, parmi les galeries, les unes communiquaient de plain-pied avec les jardins, les entourant d'une sorte de cloître; les autres étaient dans l'intérieur des appartements, aux étages supérieurs. Nous avons la preuve qu'on les entretenait avec soin[2], du moins aux beaux temps de l'hôtel, sous Charles VI; malheureusement on ne sait pas assez quelle était leur décoration. Sauval dit bien[3] que sous la galerie de l'hôtel de la reine, près du grand préau de la fontaine au Lion, on sculpta en 1463 une statue de Charles VII, destinée sans doute à décorer cette partie de l'hôtel Saint-Pol[4]; mais en 1463 on ne songeait

1. Tome II, p. 277.

2. Arch. nat., KK 49, fol. 32 v° : « A Jehan de Chaalons, serrurier, pour une grosse serrure à ressort fermans à II clefs garnies de III grans crampons, et une gasche mise et assise en l'uis par lequel l'on va des galleries de Saint-Pol es jardins d'illec, XXVIII s. » (octobre 1416). — *Ibid.*, fol. 39 v° : « A Berthelot de Louvain, serrurier, pour une forte serrure garnie de II clefz par lui mise et assise en l'uis dessoubz les galleries de Saint-Pol par où l'on va es jardins, ... » (janvier 1417, n. s.). — *Ibid.*, fol. 39 v° : « A Hermant de Couloigne, peintre, pour sa peine et salere d'avoir blanchy les galeries de l'hostel de Saint-Pol à Paris, ... XXXII s. » (janvier 1417). — *Ibid.*, fol. 38 v° : « A Loys Marhuer, charbonnier, pour III grosses sommes de charbon par lui livré pour mettre en I chariot de fer pour mener au long des galeries de l'ostel Saint-Pol à Paris pour ycelles eschaufer... XXVIII s. » (janvier 1417). — *Ibid.*, fol. 26 v° : « A Remon de Villaines, maçon, que la dite dame donna pour lui VIIIe de compaignons ouvrans es galleries de Saint-Pol....... II escus vallant XXXVI s. p. » (septembre 1416).

3. T. III, p. 373.

4. Voir plus haut, p. 37. Nous rappellerons encore que la sépulture de

plus à décorer aucune partie de l'hôtel Saint-Pol, et d'ailleurs nous avons vu, d'après Sauval lui-même, que cette statue de Charles VII était destinée au tombeau de Saint-Denis.

CHAPITRE VI.

Jardins.

Les *grans esbattemens* de l'hôtel Saint-Pol couvraient une étendue immense de terrains ; il faut dire quelques mots de leur état et de leur entretien.

Nous avons vu que, dès 1363, les jardins étaient confiés à une jardinière, Jeanne la Bouchère, chargée en même temps des jardins de Saint-Maur, c'est-à-dire de Beauté très probablement[1]. Dans la suite, lorsque l'hôtel prit plus d'extension, il fallut un jardinier au moins, mais ce n'est qu'à la date de 1377 que nous en trouvons la mention : « Jehannin, le jardinier de nostre jardin de Saint-Pol à Paris, » reçoit pour cette année cent quarante francs de gages[2] ; à la même époque, Charles V fait acheter par le jardinier de Melun « pour XVIII francs (pris sur les aides de la guerre) de lavandes et autres herbes à planter en nostre jardin de nostre hostel de Saint-Pol[3]. » C'est de son règne que date aussi la fameuse cerisaie de Saint-Pol, dont une rue a conservé le nom : « Il fit planter à l'hôtel Saint-Pol, dit Sauval, cinq quarterons de ceriziers à cinq sols le cent, et qui donnèrent commencement au jardin des ceriziers, autrement dit le préau ou le jardin de la Cerizaye[4]. »

En 1382, le jardinier de Saint-Pol est nommé Jean Pepin[5], en 1384[6] Jean Herpin ; mais il s'agit évidemment du même personnage, qui est peut-être aussi le « Jehannin » de 1377.

La faible intelligence de Charles VI devait s'intéresser aux plantations; c'est encore Sauval qui nous l'apprend : « Au même hôtel Saint-Pol, en 1398, Charles VI fit planter dans le jardin du

---

Louis XI fut transportée des galeries dans la tour de l'hôtel, ce qui prouve l'état de délabrement où ces galeries devaient être alors.

1. Voyez plus haut, p. 24.
2. L. Delisle, *Mandements de Charles V*, n° 1423.
3. *Ibid.*, n° 1446, et Bibl. nat., mss. fonds fr. 22389, pièce 95.
4. Sauval, t. II, p. 283.
5. Menant, Mss. de Rouen, t. VIII, fol. 62 v°.
6. Menant, Mss. de l'Arsenal, fol. 37 v°.

Champ-au-Plâtre trois cents gerbes de rosiers blancs et rouges, trois quarterons de bordelais ; trois cens soixante et quinze gouais de marais, trois cens oignons de lis, trois cens de flambes, cent quinze entes de poiriers ; cent poiriers communs ; douze pommiers de Paradis ; un millier de cerisiers ; cent cinquante pruniers et huit lauriers verts achetés sur le Pont-au-Change. La gerbe du rosier coûtoit alors vingt sols parisis, les gouais de marais en valoient douze, le cent d'oignons de lis six, le cent de flambes neuf, le cent de poiriers vingt-et-un sols, le cent de pommiers communs douze, les pommiers de Paradis quatre sols chacun, le millier de cerisiers six, le cent de pruniers huit, les lauriers deux sols la pièce[1]. »

De son côté, la frivole Isabeau de Bavière faisait exécuter d'importants travaux attestés par les comptes de ses menus plaisirs :

Mai 1416 : « Bernart Remigiere, jardinier de Saint-Ouyn, IIII florins valant XLVIII s. pour faire certains ouvrages es jardins de Saint-Pol à Paris » (KK 49, fol. 9 v°).

Au mois d'août de la même année, des réparations étaient faites par ordonnance de la reine « tant es jardins comme es treilles » pour le prix de XXIIII sous parisis ; le puits des jardins était curé et nettoyé moyennant 16 sous. Enfin il résulte du même compte qu'on employait un cheval, comme cela se fait encore aujourd'hui dans quelques campagnes, pour tirer l'eau de ce puits[2].

C'est au printemps que les jardins réclament le plus de soins ; nous voyons qu'en avril 1417 la reine avait payé pour ses jardins de Saint-Pol deux cent soixante-douze livres quatre sous parisis[3].

Dès lors, on se figure aisément quelle devait être leur magnificence, et combien les jardins du Louvre, renfermés dans les murs d'un étroit quadrilatère, devaient paraître exigus, si on les comparait aux immenses *préaux* de Saint-Pol, sur l'emplacement desquels se trouve aujourd'hui tout un quartier de Paris[4]. Pour

1. Tome II, p. 281.

2. « Pour un collier à cheval avecques une paire de traiz achettés pour tirer l'eaue au puy des diz jardins, XVI s. p. » (KK 49, fol. 23 v°).

3. KK 49, fol. 23 v°.

4. L'admiration qu'excitaient les jardins de Saint-Pol avait dû être bien grande pour qu'au milieu du XVIe siècle, c'est-à-dire à une époque où les jardins n'étaient plus que des terrains incultes ou des chantiers, le peuple

4

le prouver avec plus d'évidence, nous reproduirons la liste qu'en donne Sauval : « Le préau de la fontaine au Lion, le préau de l'hôtel du Petit-Muce, le préau de l'hôtel de Sens, le jardin aux Carneaux, le grand Préau, le préau du Sauvoir ; les grands jardins par devers le champ au Plâtre, le jardin du grand maître d'hôtel du roi, le grand jardin aboutissant à la rue du Petit-Muce, le préau contre l'hôtel Saint-Pol et l'hôtel de Sens, le préau de la Cerisaye ou le préau aux Cerisiers et même encore le jardin de la Cerizaye [1]. »

CHAPITRE VII.

Animaux.

Si les arbres et les fleurs étaient en honneur à l'hôtel Saint-Pol, les animaux de toute espèce ne l'étaient pas moins. Charles V paraît avoir pris beaucoup de plaisir à en élever dans ses palais. Sauval le constate en ces termes : « On ne doit pas s'étonner si je dis que dans ces maisons royales il y avoit un papegaut, des tourterelles, des cages d'oiseaulx, des volières, des sangliers, des lions et des lices [2]. » Nous en pouvons donner un grand nombre de preuves.

La collection Leber contenait une pièce datée de 1364 (n. s.), d'après laquelle le dauphin donne cent huit sous parisis à un varlet qui lui avait apporté trois petits chiens de la ville de Douai [3]. Un fonctionnaire spécial était préposé à la garde des tourterelles du roi : 23 septembre 1377, « x francs à un vallet qui garde noz tourterelles [4]. » Un autre prenait soin des rossignols : « xx frans donnés à Jobin d'Ays qui garde noz rossignols

---

ait nommé les rues voisines ou ouvertes sur leur emplacement rues Beautreillis et de la Cerisaie. — Quant à la rue des Jardins-Saint-Paul, qu'on est tenté de rattacher à la même origine, il est certain qu'elle existait dès le XIIIe siècle (Cf. Jaillot, *Quartier Saint-Paul*).

1. Tome II, p. 277.

2. Tome II, p. 282. Le texte de Sauval porte : « Comme Charles V, qu'on a surnommé le Sage avec beaucoup de raison, *entretenoit des fours* et leur faisoit faire de *superbes sculptures,* on ne doit pas, etc. » La phrase, ainsi écrite, nous avait paru incompréhensible ; c'est M. de Montaiglon qui, fort ingénieusement, nous a signalé les deux fautes d'impression *fours* et *sculptures* au lieu de *fous* et *sépultures.*

3. *Catalogue de la bibliothèque de M. Leber,* t. III, p. 123, n° 5669.

4. *Mandements de Charles V,* n° 1561.

de nostre chastel du Louvre [1]. » Enfin, le *Ménagier de Paris* déclare que, pendant l'année 1377, « pour faire pondre et couver et nourrir oiseaulx en cage, nota que, en la caige d'Hesdin, qui est la plus grant caige de ce royaulme, ne en la caige du roy à Saint-Paul, ne en la caige messire Hugues Aubriot, ne purent onques estre couvez [2]. »

Charles V poussait même la sollicitude jusqu'à ne pas oublier les daims du bois de Vincennes : « XL frans baillez à Huet de Sertronville pour acheter vesse pour les daims de nostre bois de Vincennes [3]. » Le même roi, dit Sauval, « fit faire à l'hôtel Saint-Pol une cage octogone fermée de fil d'archal pour mettre son papegaut, que l'on appelloit la cage au papegaut du roi [4]. »

Il nous reste à dire un mot des poissons qui, dès 1362, avaient été installés à Saint-Pol. On a vu plus haut mentionné le préau du *Sauvoir ;* tel était en effet le nom des aquariums du XIVe siècle. Menant nous a laissé dans ses extraits un compte des travaux faits à ce sauvoir, suffisant pour qu'on puisse lui restituer sa physionomie [5]. Ce devait être un vaste bassin de forme ronde,

---

1. *Mandements de Charles V*, n° 1736.

2. *Le Ménagier de Paris*, édit. du baron Pichon, t. II, p. 252.

3. Delisle, *Mandements de Charles V*, n° 1561. On pourrait croire que ces daims étaient gardés dans un parc, il n'en est rien : les *Grandes Chroniques* nous racontent qu'en 1378, lorsque l'empereur Charles IV vint à Vincennes, on les chassa dans le bois : « Et le roy envoia son fils le roy des Romains au parc, accompaignié de ses freres dessus dis pour chacier aux dains et comme pour y prendre leur esbatement. » (T. VI, p. 402.)

4. Tome II, p. 282.

5. Menant, Mss. de l'Arsenal, fol. 44 et 45 r° et v° : « *Maçonnerie pour Saint-Pol :* Simon Jourdan, tailleur de pierre, pour achever le sauvoir de l'hostel du roy à Saint-Pol qui avoit esté dommagé par les eaues pour ce qu'il n'avoit pas esté graissé quand il fut fait, pour vuider les jointes du dit sauvoir tant des douves comme du fondz, et pour asseoir l'entablement de par dehors et les cols des piliers rassoir, cimenter les jointes dessus dictes tant en droit les cols des piliers comme aillieurs, et aussy pour asseoir la coulombe ronde et porter l'entablement sur quoy la dicte coulombe est, faire la fosse entiere pour faire le tuyau de plomb parmy le pilier, et doit estre avec le plommier tant qu'il mettra à plomer les cols des piliers et les douves du dit sauvoir par dedans jusques quatre dois sur le fond, et pour sceller les contrefiches que ledit plomier voudra pour jetter son plomb, par marchié faict à li pour ciment, huile, mortier et plastre, peine pour ledit maistre Simon pour le dernier jour de may 1363, XXII frans pour, et par quittance du 2 juillet ensuivant XIII frans vallant XII l. XII s. p. — Me Regnault de Bailleul, plomier du roy, pour jetter le plomb des graffes de fer et les engra-

entouré d'une sorte de balustrade à hauteur d'appui. Quant au lion de pierre, que Jean de Saint-Romain avait taillé et peint, et qui avait été mis « ou sauvoir de Saint-Pol », on doit supposer qu'il occupait le centre du bassin.

Le texte de Menant porte une seule fois *saumonoir*, alors qu'on lit partout ailleurs *sauvoir*. Faut-il y voir une faute de lecture ou une distraction, ou au contraire doit-on penser que le sauvoir de Saint-Pol contenait des saumons? Nous admettrions plus volontiers cette seconde hypothèse. En effet, bien qu'au premier abord on admette difficilement la présence de saumons à Paris, nous avons des preuves qu'au XIVe siècle on pouvait s'en procurer facilement. Le *Ménagier de Paris*[1] prescrit la façon de l'accommoder : « Saumon frais soit baconné (fumé), et gardez l'eschine pour rotir, puis, despeciez par dales cuites en eaue, et du vin et du sel au cuire ; mengié au poivre jaunet ou à la cameline et en pasté, qui veult, pouldré d'espices et sec le saumon est salé soit mengié au vin et à la ciboule par rouelles. » Le Grand d'Aussy, dans sa précieuse *Histoire de la vie privée des Français*[2], cite un recueil de proverbes du XIIIe siècle mentionnant les « saumons de Loire » ; plus loin (p. 81), il rappelle une ordonnance du roi Jean, de 1350, concernant la police de Paris, où il est fait mention de « saumons, de porpris, de chiens de mer et de marsouins. » On trouve aussi dans le *Traité de la Police* de Delamarre (t. I, p. 606), en même temps que cette ordonnance de 1350, quelques textes relatifs à la vente du poisson de mer à Paris.

Sous Charles VI et Isabeau de Bavière, nous retrouvons le même soin à élever ou entretenir des bêtes. La reine fit construire de nouvelles cages pour ses oiseaux[3] ; elle se faisait même suivre

---

vemens des pierres et piliers du saumonoir (*sic*) par marchié de x frans vallant IX livres parisis. — Jean Climent, espicier, pour 722 livres de soudure pour le saumonoir de Saint-Pol, XV livres VI s., pour une table de plomb pour faire les tuyaux pour venir l'eaue au dit sauvoir, XLIIII s. et pour portage de l'hostel du dit espicier à Saint-Pol III s. XVII l. XLII s. p. — Jean de Saint-Romain, imagier, pour tailler et peindre un lion de pierre qui a esté mis ou sauvoir de Saint-Pol par marchié fait à luy par Me Raymond du Temple, 17e jour juillet 1363, VIII frans vallant VII livres IIII s. p. »

1. Le *Ménagier de Paris*, édition du baron Pichon, t. II, p. 198.

2. Paris, 1815, 3 vol. in-8° ; t. II, p. 70.

3. « A Jaquet Saulnier, garde harnoiz, pour avoir acheté du blé, millet, chenevis et navette pour les turtes et petis oyselez de la royne, par commandement d'Alizon... IIII s. » (7 mars 1416. — KK 49, fol. 3 r°). — « A Henry

de la plus belle, « la grant cage » par excellence, dans ses résidences[1]; elle avait un valet de levriers, chargé de donner de la viande aux petits chiens de la reine pendant tout le carême[2]. Signalons en outre une mention de souricières dès le xve siècle[3].

Nous n'avons encore parlé que de petits animaux, passe-temps d'un moment au milieu du mouvement des palais royaux, et dont les particuliers pouvaient jouir dans les plus modestes manoirs. Mais ce qu'un simple bourgeois ne pouvait avoir comme le roi de France, c'était une ménagerie. On n'a jamais qu'effleuré cette sorte de sujets, mais la raison en est bien moins l'intérêt de la question que la pénurie des documents spéciaux. Nous manquons, en effet, de notions précises sur l'établissement des premières ménageries, le nombre, la valeur des animaux, les soins dont on les entourait, et on va voir que nos recherches sur tous ces points ajoutent bien peu à ce qu'on en savait.

Il paraît, d'après Sauval, que Philippe de Valois avait déjà des lions au Louvre dans un bâtiment affecté à les recevoir près de la rue Froidmanteau[4].

Sous Charles V, les lions étaient célèbres jusqu'au delà du Rhin; on en avait dû parler à l'empereur d'Allemagne et à son fils, car, lors du voyage de 1378, ce fut la première préoccupation du roi des Romains d'aller voir les lions de Saint-Pol[5].

Ollevier, sergent d'armes, qu'il avoit paié du sien pour fil d'archal pour faire la caige aux oiseaux de la royne, IIII sols » (septembre 1416. — *Ibid.*, fol. 28 v°).

1. « A Jaquet Saunier, qui du lui estoit, tant pour avoir fait apporter au boys de Vincennes la grant cage à oyseaux, comme pour ses despens faiz à Paris par III jours qu'il a vacqué tant, pour ce comme pour autrement..... XVIII sols » (mars 1417 (n. s.). — *Ibid.*, fol. 50 r°).

2. « A Thomas Turrichon, varlet de levriers de la royne, pour avoir gardé et nourry de char les petiz chiens de la royne par tout le karesme derrenier passé, VI livres VI s. » (avril 1417. *Ibid.*, fol. 53 r°).

3. « Pour VI sourrissieres pour la chambre et retrait d'icelle dame à Saint-Pol, VI s. par. » (KK 49, fol. 4 v°).

4. Cf. Berty, *Le Louvre et les Tuileries*, p. 124.

5. « Lequel roy des Romains voult aler veoir les lyons, et en sa compaignie y furent les freres du roy » (*Grandes Chroniques*, t. VI, p. 401). — Il semble qu'au xve siècle on allait voir les lions du roi comme on visite aujourd'hui ceux du Jardin des Plantes. C'est du moins ce qui résulte d'un passage d'une lettre de rémission publiée par M. Longnon à la page 81 du *Paris sous la domination anglaise*, qu'a publié notre Société. Il y est fait mention de deux individus allant voir les lions du roi.

Il y avait à cette époque deux ménageries, l'une au Louvre, l'autre à l'hôtel Saint-Pol[1]. C'est de celle-ci seulement que nous avons à nous occuper. En 1364, un nommé Guillaume Séguier était chargé de la surveillance périlleuse, mais bien rétribuée, des lions du roi à Saint-Pol. Ses gages étaient de « cent vingt frans d'or du coing du roy pour la garde et despens des diz lions » pendant trois mois[2]. Un mandement de Charles V, daté de janvier 1374 (n. s.), mentionnant divers payements, assigne une certaine somme pour la garde des lions[3].

En 1463, dit Sauval, damoiselle Marie Padbon reçut 250 livres pour la garde et nourriture des lions de l'hôtel Saint-Pol[4]. Singulières fonctions pour une femme!

C'étaient assurément les mêmes lions qui, en 1487, restaient encore à Saint-Pol, seuls habitants de l'hôtel abandonné et pour ainsi dire ses gardiens. Le compte de la prévôté de Paris pour cette année mentionne « plusieurs cloisons, planches et trapes faites pour enfermer les lions d'emprès Saint-Pol[5]. » C'est entre ces nouvelles palissades qu'ils durent mourir[6].

CHAPITRE VIII.

Eau et Fontaines.

Il y aurait une curieuse étude à faire sur le régime des eaux à Paris pendant le moyen âge, *le temps de la soif*, comme on l'a

---

1. M. Fournier, dans la livraison du *Paris à travers les âges* sur le Louvre (p. 28), dit que Charles V fit transporter ses lions du Louvre « dans les jardins de son hôtel Saint-Pol, dont la place est marquée par la rue des Lions au Marais. » Nous ne croyons pas que les lions aient quitté le Louvre sous Charles V. En effet, M. Berty (p. 159) dit qu'en 1375 Charles V donna l'hôtel des Lyons au Louvre à Guy Natin, qui avait succédé à son père comme gardien des bêtes sauvages de la ménagerie du Louvre, aux gages de douze deniers par jour.

2. *Inventaire du Musée des Archives nationales*, n° 382.

3. Bibliothèque nationale, fonds fr. 20415, n° 39.

4. Sauval, t. III, p. 369.

5. *Ibid.*, p. 480.

6. Le nom de la rue actuelle *des Lions* rappelle-t-il les lions vivants de Saint-Pol, ou ces lions figurés que le peintre Évrard avait représentés en 1364 sur la porte de l'hôtel Saint-Pol, comme nous l'avons dit plus haut? Tout le monde a adopté la première hypothèse, nous inclinons aussi en sa faveur; mais il se pourrait que la vue de ces lions au-dessus de l'hôtel royal ait donné l'idée de conserver leur souvenir dans le nom d'une rue.

appelé avec raison [1]. On y parlerait des sources de Belleville et Ménilmontant, utilisées au XIIIe siècle par les moines de Saint-Lazare, de l'établissement des premières fontaines aux Innocents, aux Halles, rue Maubuée, c'est-à-dire exclusivement dans les quartiers populeux, puis de l'accaparement des conduites au profit des grands établissements, enfin de l'ordonnance du 9 octobre 1392 portant remède à cet abus, « laquelle chose, dit le roi, a esté et est faicte en grant lesion et detriment de la chose publicque de nostre dicte ville et en grant diminucion de nostre pueple d'icelle, et laquelle, quand elle est venue à nostre cognoissance, nous a moult despleu et non sans cause, » et prescrivant la restitution des tuyaux « en l'estat en quoy ilz souloient estre d'ancienneté... excepté en tant comme touche nous et noz diz oncles et frere, pour noz hostel et les leurs assis en nostre ville de Paris [2]. »

Mais les limites de notre sujet ne nous permettent que d'effleurer cette question, en ce qui concerne spécialement l'hôtel Saint-Pol.

Il résulte de la dernière phrase de l'ordonnance que nous venons de citer, que les hôtels royaux ou princiers étaient privilégiés en matière de distribution des eaux ; en réalité, les seuls documents que nous ayons à ce propos sont des concessions de prise d'eau faites par Charles VI à ses voisins.

C'est ainsi qu'au mois d'octobre 1385 il accorda à Pierre de Giac, son chancelier, le droit d'avoir pour l'usage de son hôtel « gros comme le bout d'un fuseau de l'eau des fontaines de l'hôtel Saint-Pol [3]. » Pierre de Giac demeurait rue Saint-Pol, vis-à-vis

---

1. M. M. du Camp, *Paris, ses organes, ses fonctions, sa vie*. Paris, Hachette, 1875, t. V, p. 213, édition in-12.

2. *Collection des Ordonnances*, t. VII, p. 510. Cf. Lecaron, *Les travaux publics de Paris au moyen âge*, *loc. cit.*, p. 101 et ss.

3. Edouard Fournier, *Énigmes des rues de Paris*, 1860, in-12, p. 11. M. Fagniez a publié le texte entier de cette concession dans le *Bulletin de la Soc. de l'hist. de Paris*, 5e année (1878), p. 90, mais avec une version un peu différente. On y lit : « Le gros du bout d'un fuiseau de l'eau des fontainnes qui viennent en nostre ville de Paris ou de celles que ordené avons naguères à y faire venir ou aucune de celles qui sera le plus propice et mieux aisiée à faire venir ou dit hostel de nostre dit chancellier. » Il est évident que nous n'avons pas affaire à la même charte, et que M. Fournier a connu la plus récente, celle qui déterminait cette source *la plus propice et mieux aisiée*. D'ailleurs, le même érudit ajoute ces mots au sujet du même hôtel donné en 1408 à Jean de Montaigu : « Il obtint continuation du droit concédé à Giac, c'est-à-dire une prise d'eau provenant d'une source comprise

l'église, dans la maison qu'avait habitée Hugues Aubriot. Nous avons donné plus haut le texte d'une concession de même nature faite en 1397 à Jean de Montaigu pour son hôtel Barbette[1]; il est donc inutile d'y revenir ici.

En 1402, les conduites d'eau de l'hôtel subirent une nouvelle saignée. Les Célestins avaient sollicité du roi, par l'intermédiaire de leur bienfaiteur si connu, le duc d'Orléans, la faveur d'un peu d'eau pour leur couvent. Charles VI leur permit de « prendre et faire venir en leur hostel à leurs propres despens, par bons et convenables tuyaulx et conduiz, le groz de la teste d'une espingle moyenne de l'eau de la fontaine des jardins de l'hostel Saint-Pol. » On trouvera aux Pièces justificatives[2] le détail de toutes les formalités que nécessita cette faveur ; la Chambre des comptes fit faire une enquête et donna au plombier du roi, Jean Boursin, des instructions minutieuses sur le placement de la clef des Célestins « pourveu que en ce ne soit fait prejudice à l'eaue du roy. » Le duc d'Orléans se chargea de son côté d'adresser un mandement au même Boursin pour lui recommander « le plus expressement » qu'il pouvait de faire ce travail en plaçant la clef au tuyau de la fontaine, « tout au plus bas emprès terre[3]. »

Le gros de la tête d'une épingle moyenne, c'était peu de chose, encore fallait-il en profiter. Or, les conduites amenant l'eau des hauteurs du nord-est traversaient plusieurs hôtels : les Tournelles, la Moufle, les hôtels de Beautreillis et de Saint-Pol, avant d'arriver au couvent des Célestins ; les propriétaires de ces hôtels étaient tout disposés à retenir la somme d'eau entière, et quand les moines oblats allaient s'en plaindre à eux, ils menaçaient « de les battre ». Il fallut avoir recours au roi, qui sut ménager les intérêts de chacun ; en juillet 1484, Charles VIII autorisa les Célestins à établir des tuyaux de plomb allant de l'hôtel des Tournelles à leur couvent sans intermédiaire, et à y prendre une quantité d'eau dont le maximum serait la grosseur d'un pois. Ce n'est que dix ans après, le 19 août 1494, que la Chambre des comptes

---

dans le domaine royal de Saint-Paul. » Il est dit dans le diplôme sur parchemin que le prévôt H. Aubriot avait eu précédemment la jouissance de ce cours d'eau. (Archives royales de Munich, Franckreich Kœnigreich, 2e fasc., 2e liasse).

1. Note 2 de la page 21.
2. Voy. les nos X-XI.
3. Pièces justif., n° XI.

enregistra les lettres royales, mais en n'accordant que la grosseur d'eau des deux tiers d'un pois moyen[1].

L'acte de 1484 que nous venons d'analyser est intéressant à plus d'un égard. Nous y trouvons une date : les anciens tuyaux, qui passaient par Saint-Pol pour aller aux Célestins, dataient de la domination anglaise, c'est-à-dire d'environ soixante ans : « lesquels tuyaux, y est-il dit, tres souvent se rompent et crèvent aux champs parce qu'ils sont fort vieulx, et furent faiz du temps que le duc de Bethfort et autres noz anciens ennemis tenoient et occupoient nostre dicte ville de Paris et le pays d'environ. » Le même acte nous fournit aussi sur la concession de Charles VI en 1403 un renseignement que les documents de cette époque ne donnaient pas. La prise d'eau se faisait « soubz la chambre, laquelle pour lors on disoit la chambre la royne assise en nostre hostel de Saint-Pol à Paris, en certain regard estant illecques dès lors, comme encores est, tout au plus pres emprès terre comme estoit et est le gros tuyau de nostre fontaine du lyon. » C'était donc au pied des appartements de la reine qu'était le « regard » des Célestins, et là probablement qu'arrivaient les eaux destinées à alimenter l'hôtel.

Quant à cette fontaine du Lion, nous avons peu de chose à en dire ; son nom devait lui venir d'une de ses sculptures représentant un lion, — on se rappelle que le sauvoir était décoré d'un ornement semblable, — mais c'est seulement là une hypothèse qu'aucun document ne confirme. En tous cas, nous savons que cette fontaine avait donné son nom à une des cours de l'hôtel, « le préau de la fontaine au lion. »

On se demande pourquoi les Célestins, l'hôtel Saint-Pol et tous les hôtels voisins faisaient venir l'eau de loin à grands frais, alors que la Seine était si rapprochée. Une ordonnance de Charles VI en donne la raison : « en la rivière de Seine courant parmi prez et autour de nostre dicte ville, de jour en jour sont jectées et portées lataument tant de boes, fiens, gravois, putrefaccions et immundices nuisibles et moult prejudiciables à corps humains et autres ; et en est si plainz par dedans, près et autour de nostre dicte ville, que ce est grant orreur et abhominacion et un grant merveille, se ne feust le miracle de Nostre Seigneur, comment les creatures et corps humains, usans en boires et en decoccions de

1. Pièces justif., XXII.

leurs viandes, de l'eaue d'icelle riviere, ne en enqueurent en tres grans multiplicacions d'inconveniens de mort et de maladies incurables...[1] »

On comprend dès lors que le roi ne s'en servît pas et qu'on fît son possible pour l'imiter. La même ordonnance décide qu'une enquête sera faite pour contraindre au curage de la rivière tous ceux qui seraient convaincus d'y avoir jeté des immondices, « tant nobles, gens d'église comme autres de noz diz hostels et des hostels de nostre compaigne et de nos diz oncle et frere et tous autres de nostre sanc. » Ces derniers mots concernent évidemment l'hôtel Saint-Pol[2].

En 1575, le chancelier René de Birague, « qui a acquis depuis peu de temps une belle maison en la coulture Sainte-Catherine, » reçut du roi Henri III la jouissance des eaux de l'hôtel des Tournelles récemment démoli, que les lettres constatant ce don confondent avec l'hôtel Saint-Pol[3]. L'erreur commise par la chancellerie royale est pour ainsi dire le dernier coup porté aux volontés de Charles V ; il est vrai, et c'est l'excuse d'Henri III, que les architectes de son siècle avaient su faire oublier les splendeurs et même jusqu'au nom d'un hôtel royal qu'on admirait deux cents ans avant.

TROISIÈME PARTIE.

LA VIE A L'HOTEL SAINT-POL.

I.

Nous n'avons pas cru utile de faire entrer dans le cadre de notre travail un récit détaillé de tous les événements dont l'hôtel Saint-Pol a été le théâtre, ni même l'indication complète des dates de tous les séjours des rois de France. Ces développements, qui nous

1. *Recueil des Ordonnances*, t. IX, p. 54. Cf. le travail de M. Lecaron cité plus haut, p. 107 et ss.

2. *Ibid.*, p. 108.

3. « Sçavoir faisons comme de tout temps et ancienneté y ait eu une fontaine en l'hostel Saint-Paul, dit les Tournelles, en nostre bonne ville de Paris.

forceraient à redire l'histoire de Charles V et de Charles VI presqu'en entier, n'ajouteraient qu'un faible intérêt à ces recherches et les augmenteraient trop ; nous ne nous arrêterons donc qu'aux faits nouveaux ou peu connus, pour lesquels la topographie de Saint-Pol est nécessaire, essayant ainsi d'ajouter un chapitre à l'histoire des mœurs du moyen âge.

Il est toutefois nécessaire de donner quelques indications sur les habitants mêmes de l'hôtel.

Charles V, on le comprend facilement, habita Saint-Pol plus que toute autre de ses résidences; il suffirait, pour s'en convaincre, de jeter un coup d'œil sur la table de ses Mandements qu'a publiés M. Delisle, et d'y voir le nombre des actes datés de l'hôtel Saint-Pol, puis de se reporter au nom des autres palais, le Louvre, le palais de la Cité, Vincennes, Beauté, etc. La comparaison donne de beaucoup le premier rang à notre hôtel. L'abbé Lebeuf s'est donc trompé quand il dit que Charles V se plut à Vincennes « plus qu'en aucun autre de ses châteaux[1]. »

C'est encore l'hôtel Saint-Pol qui fut la résidence la plus habituelle de Charles VI ; on peut l'affirmer sur la foi des chroniqueurs contemporains. Il est vrai de dire que les fréquentes séditions de ce règne forcèrent souvent le roi à se réfugier derrière les solides murailles du Louvre, l'hôtel Saint-Pol n'étant pas fortifié[2]; mais dès que « l'esmotion populaire » était apaisée, Charles VI rentrait[3] dans son hôtel favori, disposé d'ailleurs tout spécialement pour le recevoir[4].

---

1. L'abbé Lebeuf, *Histoire du diocèse de Paris*, t. V, p. 80.

2. La manière même dont il était formé s'opposait à des fortifications; l'hôtel royal ne se distinguait pas des autres hôtels, sinon par son étendue, et la rue Saint-Pol n'était pas protégée contre les malfaiteurs plus spécialement que les autres rues de Paris, par des chaînes. Nous trouvons dans un état des chaînes de Paris en 1507, — document très intéressant et que nous comptons publier, — la mention des chaînes de la rue Saint-Pol : « En la rue Saint-Pol... le cinquième travers *venant en l'hostel du roy nostre sire*, la chaisne prend contre ledit hostel. Fault deux rouetz à deux poteaulx qui sont par voye au meilleu de la rue et à l'opposite à ung poteau de bois joignant la maison de Bretaigne, dicte de la royne; fault le rouet en engin pour la tendre... » (Bibl. nat., collect. Moreau, vol. 1054, fol. 56 v°.)

3. « En oultre, iceulx Parisiens, afin que le roy et le duc d'Acquitaine ne fussent envoiez hors de la dicte ville de Paris, les firent partir du dit hostel de Saint-Pol et aler demourer au Louvre » (1411). Monstrelet, édition Douët d'Arcq, t. II, p. 169.

4. La Chronique du Religieux de Saint-Denis, publiée par M. Bellaguet

On peut dire que, seuls, Charles V et Charles VI habitèrent l'hôtel Saint-Pol d'une façon suivie. Après 1422, ce n'est plus qu'à de rares intervalles que les rois de France y viennent loger ; la vogue était alors pour l'hôtel des Tournelles, depuis que le duc de Bedford l'avait habité et embelli, et c'est là que vécurent Charles VII, Louis XI et Charles VIII toutes les fois qu'ils séjournèrent à Paris.

Nous ferons cependant une exception pour Louis XI, qui habita quelquefois sinon l'hôtel Saint-Pol proprement dit, du moins une de ses dépendances, l'hôtel Neuf, au delà de la rue du Petit-Musc. C'est ce que nous apprend le journal de Jean Maupoint, prieur de Sainte-Catherine, bien placé par conséquent pour ces sortes d'informations. Le lendemain de l'entrée solennelle de Louis XI à Paris, en 1461, c'est à l'hôtel Neuf qu'il se rendit : « Et le lendemain qui fut le mardi premier jour du mois de septembre il ouyt sa messe en la sainte chapelle du palais ; ... et après disner il s'en vint en son hostel Neuf près et au dessus de l'ostel des Tournelles en la rue Saint-Anthoine près de la Bastille, et là soupa et coucha icelle nuit et tint son estat et sa demourance jusqu'au jour de son departement de Paris (le 24 septembre), où maintes joustes et maints tournoiemens furent fais devant le roy[1]. » Et plus tard, en novembre 1465, le même chroniqueur nous montre encore Louis XI à son hôtel Neuf, tenant son conseil, auquel assistèrent le recteur et les députés de l'Université, le prévôt des marchands, les échevins et les principaux bourgeois et marchands de Paris[2]. Mais ce ne sont là que des séjours d'un instant : le roi est appelé hors de sa bonne ville de Paris par les Anglais ou le Bien Public, et il a autre chose à faire que d'assister à des joutes ou recevoir les bourgeois et l'Université.

II.

Comme Charles V et Charles VI habitèrent principalement l'hôtel Saint-Pol, c'est là que naquirent la plupart de leurs enfants. Le fait est attesté par les Grandes Chroniques pour les

---

dans les *Documents inédits*, t. II, p. 404, en donne une preuve curieuse : « Ne sic gestus regem dedecentes exercendo periclitaretur, *introitus domus regie Sancti Pauli* murati sunt. »

1. *Mémoires de la Soc. de l'hist. de Paris*, t. IV, p. 46.

2. *Ibid.*, p. 91.

cinq enfants de Charles V et de la reine Jeanne de Bourbon, qui sont le dauphin (plus tard Charles VI), né le 3 décembre 1368[1], Marie (le 27 février 1371)[2], Louis, duc d'Orléans (13 mars 1372)[3], Isabeau (le 23 juillet 1373)[4], et Catherine (4 février 1378), dont la naissance coûta la vie à la reine[5]. Quant à ce qui concerne les enfants de Charles VI et d'Isabeau de Bavière, nous ne pouvons mieux faire que de renvoyer à l'étude que leur a consacrée M. Vallet de Viriville[6].

Il serait superflu, comme nous l'avons dit plus haut, de faire, à propos de l'hôtel Saint-Pol, l'histoire de la France entre 1364 et 1422; d'un autre côté, on ne peut se dispenser de mentionner sommairement quelques réunions importantes tenues par Charles V ou Charles VI dans leur hôtel royal.

Les rois assistaient rarement aux séances du Parlement ou de la Chambre des comptes, pour lesquelles ils déléguaient leur chancelier; ils préféraient réunir leur conseil dans leurs palais mêmes lorsque des affaires importantes l'exigeaient.

Le 27 septembre 1364, le roi convoqua les gens de ses comptes dans « sa maison de Saint-Pol près Paris » d'assez bonne heure[7].

En 1372, le 21 février, se réunit à Saint-Pol tout le Conseil du roi, composé de deux cents personnes ou environ[8].

Sous Charles VI, ces convocations furent plus nombreuses, le roi ne quittant guère son hôtel, et les affaires étant souvent urgentes; encore avait-on soin de profiter d'un des moments de lucidité du roi. C'est dans ces circonstances que se réunit le Conseil vers la fin de février 1403 (n. s.)[9] et au mois de mai

---

1. *Grandes Chroniques de France*, t. VI, p. 266.

2. *Ibid.*, p. 327. Marie et Isabeau qui suit moururent peu après leur naissance.

3. *Ibid.*, p. 334.

4. *Ibid.*, p. 339.

5. *Ibid.*, p. 412. Catherine épousa en 1386 Jean de Berry, comte de Montpensier.

6. *Bibliothèque de l'École des chartes*, 4e série, t. IV.

7. « ... quod interessent in requestis suis satis mane » (Bibl. nat., fonds fr. 21408, fol. 126 r°. Extraits des Mémoriaux).

8. « Ce jour vacqua la cour du commandement du roy qui assembla tout son conseil jusques au nombre de 200 personnes ou environ, prelats et autres, en son hostel à Saint-Paul » (Arch. nat., P. 2295, fol. 55. Extraits des Mémoriaux).

9. « Circa februarii mensis finem *rex incolumis effectus, ignorancie evacuatis tenebris*, omnes consiliares suos qui regni arduis incumbebant ob hoc

de la même année pour recevoir les ambassadeurs du pape[1].

C'est encore à l'hôtel Saint-Pol que se tinrent les fameuses assemblées sur l'assassinat du duc d'Orléans, l'enquête du prévôt de Paris, les plaidoiries de Jean Petit en faveur du duc de Bourgogne, celles de l'avocat choisi par la veuve de la victime[2].

Ce n'étaient pas seulement les conseillers du roi qui venaient le trouver à Saint-Pol; nous voyons en 1412 le prévôt des marchands et les échevins nouvellement élus « faire le serment accoustumé devant le roy en l'hostel de Saint-Paul[3]. »

Le jeudi 3 août 1413, l'Université se rendit à Saint-Pol en corps « demander congé au roy de proposer le lendemain certaines choses qui moult estoient profitables pour la paix du royaume, laquelle chose leur fut accordée[4]. »

Enfin la reine elle-même tenait des audiences. Le Religieux de Saint-Denis nous apprend qu'après une émeute la reine convoqua à Saint-Pol les principaux habitants de Paris et leur parla « d'une façon plus affable que de coutume[5]. »

Il est inutile de multiplier ces citations : celles que nous avons faites suffisent largement à faire voir l'hôtel royal sous cet aspect sévère; nous devons maintenant le montrer sous un jour plus brillant, comme « hostel solennel et de granz esbatemens » pendant ces tristes années du XVe siècle, où il n'y avait guère de réjouissances qu'autour d'Isabeau de Bavière.

III.

MM. Leroux de Lincy et Tisserand[6], en disant que, « par un singulier anachronisme qui contraste douloureusement avec les

---

in domo regia Sancti Pauli congregavit. » (Chronique du Religieux de Saint-Denis, t. III, p. 62.)

1. « Que in Avinione gesta erant, regi per dominos cardinales Pictavensem et de Salusciis papa statuit intimare et hii, maii vicesima quinta die in domo regia Sancti Pauli... audienciam fuerunt assequuti. » (*Ibid.*, t. III, p. 86.)

2. Voy. dans la *Bibl. de l'École des chartes*, 6e série, t. I, l'enquête publiée par M. Raymond. Cf. la Chronique du Religieux, t. III, p. 730, et Monstrelet, à l'année 1407.

3. Du Breul, *Antiquités de Paris*, édit. de 1612, p. 1018, d'après les documents de l'Hôtel de Ville.

4. *Journal d'un Bourgeois de Paris*, édit. Buchon, p. 615.

5. Chronique du Religieux, t. IV, p. 180.

6. *Paris et ses historiens aux XIVe et XVe siècles*, p. 437.

malheurs de cette époque, une cour amoureuse, calquée sur le modèle de celles qui florissaient depuis longtemps dans le midi de la France, fut créée vers l'an 1410 à l'hôtel Saint-Pol », ne citent à l'appui de ce fait aucun document décisif. Quoi qu'il en soit, on ne peut s'empêcher de reconnaître qu'il n'était guère tenu compte, à la cour d'Isabeau, des guerres et de la misère du peuple. Juvénal des Ursins le constate amèrement, à la date de 1417 : « Aucune renommée estoit que en l'hostel de la reyne se faisoient plusieurs choses deshonnestes. Et y frequentoient le seigneur de la Trimouille, Giac, Bourredon et autres. Et quelque guerre qu'il y eust, tempestes et tribulations, les dames et damoiselles menoient grands et excessifs etats et cornes merveilleuses, hautes et larges, et avoient de chacun costé, en lieu de bourlées, deux grandes oreilles si larges que quand elles vouloient passer l'huis d'une chambre il falloit qu'elles se tournassent de costé et baissassent, ou elles n'eussent peu passer[1]. »

Le compte des *Menus Plaisirs* de la reine, fait à la même époque (1415-1416), contient en outre quelques renseignements fort curieux sur l'art musical et les représentations théâtrales à l'hôtel Saint-Pol. Nous les donnons sans autre commentaire, et comme matériaux nouveaux pour ces questions si intéressantes :

A Jaquinot Petit, Jehan d'Avignon, Jehan Facion l'ainsné, Jehan Facion le juesne, Armant Waguemant et Jehan Voizard dit Verdelet, tous menestrelz du roy, ausquelz la dicte dame (la reine) a donné pour une fois et en recompensation de ce qu'ils avoient joué et corné par plusieurs fois devant elle, par commandement d'Alizon, le premier jour d'avril (1416), IIIIxx livres parisis. (KK 49, fol. 4 v°.)

A Jehannin Cardon, joueur de personnages pour lui VIe de compagnons qui avoient joué devant la ditte dame plusieurs farces et jeux, par commandement de Ysabeau de la Fauconniere, le XIe jour d'avril, et par cedule donnée le XVIIIe jour du dit mois d'avril l'an mil CCCC et XV, veille de grans Pasques, et quittance II escus valant XXXVI s. (KK 49, fol. 6 v°.)

A Jehannin Culet, gainnier, pour un grant estuy de cuir bouly ferré et fermant à clef, achetté de lui et delivré à George Gaussel et Guillaume Piet pour mettre et porter V grans fleustes dont ilz jouent devant la ditte dame... XXX s. (KK 49, fol. 25 r°.)

A messire Jehan Poncin, chapellain de la royne, que la ditte dame lui avoit ordonné estre baillé pour acheter des cordes pour l'eschi-

1. Edition Michaud, p. 533.

quier et harpes de la royne..., le XXIIIe de décembre, VIII s. (KK 49, fol. 37 v°.)

Le roi se livrait à des exercices plus violents, les tournois, les joutes, la paume, les joculatoires. Nous n'avons pas à parler des premiers qui, on l'a vu, avaient lieu dans la « couture Sainte-Catherine » [1]; il faut dire un mot des derniers, du bruit desquels l'hôtel Saint-Pol dut souvent retentir.

On se rappelle qu'en 1482 Louis XI donna à l'église Saint-Pol le terrain du jeu de paume de l'hôtel de la Pissotte ou de Beautreillis, qui touchait au cimetière Saint-Pol et qui avait quatre toises de long sur deux et demie de large; nous ne revenons sur cet acte que parce qu'il mentionne « les granz debatz, crieries, parjuremens et blasphêmemens » que proféraient les joueurs; on doit croire qu'il en était déjà ainsi à l'époque de Charles VI. Dans un traité fort bien fait sur le jeu de paume [2], M. Édouard Fournier consacre quelques pages à la première phase de ce jeu, la courte paume. Ce n'est en effet que dans la seconde moitié du XVe siècle qu'on inventa la raquette; auparavant on jouait simplement avec la paume de la main. « Charles V, dit M. Fournier, se permettait à ses loisirs le noble esbattement, ce qui ne répugne en rien à son surnom de Sage; mais ce qui le compromet un peu, c'est qu'au même temps où il s'en donnait le plaisir, il le défendait aux autres (arrêt de mai 1369 contre les jeux). »

Quant aux *joculatoires*, c'était, paraît-il, le jeu favori de Charles VI. Quand il alla, en 1389, dans le comté de Foix, il le fit organiser à Mazères, ville principale du comté. Juvénal des Ursins nous l'apprend en ces termes : « Et ordonna un jeu nommé jaculatoires à jetter dards et javelines, et promettoit au mieux jouant et jettant une belle couronne qu'il avoit, qui estoit moult riche. Et de ce faire le roi dès jeunesse se delectoit à jetter verges de couldre, et souvent à Paris en jettoit en sa cour de Saint-Paul par dessus les salles et n'y avoit en son hostel personne qui de ce l'eust mieux fait [3]. »

Nous n'avons pas trouvé de documents sur les autres distractions de Charles VI, notamment sur ces jeux de cartes que la

1. M. Viollet le Duc a fait sur les joutes et tournois une étude technique très complète dans son *Dictionnaire du Mobilier* (5 vol. in-8°).

2. *Le jeu de paume, son histoire et sa description*, par Édouard Fournier. Paris, Didier, 1862, in-4°.

3. Juvénal des Ursins, édit. Michaud, p. 382.

célèbre Odette aurait, a-t-on dit sans preuve, employés pour calmer la folie du roi ; il vaut mieux s'abstenir d'en parler que se faire l'écho des ouvrages les moins autorisés à ce sujet.

L'histoire des mœurs d'une époque ne se connaît bien que par les petits faits, et un simple recueil de textes est, dans ce cas, préférable à un volume de considérations ; nous n'en donnerons pour preuve que le choix de pièces qu'a publiées M. Douët d'Arcq pour l'histoire de Charles VI. Les documents ou les chroniques de cette époque nous ont fourni un petit nombre de faits, dont l'hôtel Saint-Pol a été le théâtre, des « faits divers », comme on les appellerait aujourd'hui, et dont nous ne ferons notre profit que parce qu'ils sont vieux de cinq cents ans.

Dans le cours de l'année 1401, au mois de mai, un orage épouvantable éclata dans le Beauvaisis et ravagea tout le pays à seize lieues à la ronde. Pendant la seconde semaine de juin, cet orage s'abattit sur Paris et la foudre pénétra dans l'hôtel Saint-Pol, dans la chambre même où se trouvait la reine, consuma les riches tentures du lit, et disparut par la cheminée. De tels bouleversements de la nature, ajoute le Religieux de Saint-Denis, terrifiaient au plus haut point la reine et la mettaient presque à la mort. Elle envoya de nombreuses offrandes aux églises du royaume [1].

A l'occasion du joyeux avènement d'Isabeau de Bavière, des réjouissances publiques avaient été faites à Paris et les prisonniers du Châtelet rendus à la liberté. Ceux-ci se rendirent à l'hôtel Saint-Pol, le 22 août 1389, « par devers la royne pour elle mercier de la grace que elle leur avoit faite [2]. » L'un d'eux même, Colin de la Salle, ne profita de cette liberté que pour commettre de nouveaux méfaits, « comme il venoit de l'ostel Saint-Poul là où la royne estoit, ou temps que les joustes à cause de son joyeux advénement furent au Temple, en la grant rue Saint-Anthoine, et assez près dudit hostel... [3] »

Au xve siècle déjà, il y avait des voleurs à l'hôtel même du roi. C'est ce que nous apprend l'interrogatoire, fait au Châtelet, d'un certain Jeannin le Voirrier : « Item, confessa que aujourd'ui a xve jours (c'est-à-dire le 8 mars 1390, n. s.), lui estant à Saint-

1. Chronique du Religieux de Saint-Denis, t. III, p. 6.

2. *Registre criminel du Châtelet de Paris* (1389-1392), publié pour la Société des Bibliophiles françois par M. Duplès-Agier, t. I, p. 176.

3. *Ibid.*, t. I, p. 180.

Pol où le roy faisoit sa feste, il wida la bourse de Perrin le Boursier, varlet de garde-robe, qui tendoit tapis du roy en une sale ; laquelle bourse il trouva enmi la dite sale, et en ycelle trouva cinq escus d'or dont il s'est vestu[1]. »

La surveillance de l'hôtel à ce point de vue était confiée au roi des ribauds, qui devait avertir les grands maîtres d'hôtel des délits commis, comme le témoigne un mandement de Jean Yvrenaye, « roy des ribaux de l'ostel du roy », où il les avise « que le dernier jour de septembre 1394 fut adirée en l'hostel royal de Saint-Pol une tasse d'argent doré » et qu'il l'avait fait crier « en la salle dudit hostel, en plein marché, halles, carrefours, et en tous lieux accoustumez[2]. »

Enfin Sauval raconte[3] qu'un religieux du Temple nommé frère Henri ayant égorgé en 1467 le receveur de l'ordre, il « se sauva dans l'hostel royal de Saint-Pol, » et s'y cacha dans une armoire. On l'arrêta, mais il prétendit que « le palais où on l'a fait prisonnier étoit un lieu de franchise et qu'on devoit l'y remener comme dans un asyle inviolable. » Les religieux le réclamèrent au Parlement, et le grand prieur de France le condamna à finir ses jours au pain et à l'eau dans une prison fermée.

Nous avons réservé pour la fin le récit d'événements plus importants, dont l'histoire est liée intimement à celle de l'hôtel dont nous nous occupons, un baptême d'enfant royal, la réception d'un empereur, un mariage solennel et, en dernier lieu, la mort de Charles VI ; le baptême, le mariage, la mort, ces trois événements principaux de la vie d'un homme et qui sont aussi les dates les plus saillantes de la vie de l'hôtel Saint-Pol.

IV.

Le baptême est celui de Charles VI. La naissance du premier fils d'un roi était entourée de solennités que les chroniqueurs décrivent en grands détails. Le mercredi 6 décembre 1368, le fils du roi fut « crestienné » à Saint-Pol[4]. Dès la veille on avait fait

1. *Ibid.*, t. I, p. 187.

2. *Analyse de la collection Joursanvault*, n° 803.

3. Sauval, *Antiquités de la ville de Paris*, t. I, p. 504.

4. Nous décrivons cette cérémonie d'après les Grandes Chroniques, t. VI, p. 267. Voici, pour la compléter, un extrait des mémoriaux de la Chambre des comptes, que nous trouvons dans la collection Fontanieu (pièce 28 du

des barrières dans la rue et dans l'église autour des fonts baptismaux pour contenir la foule. Le cortège royal sortit de l'hôtel par la porte la plus proche de l'église; deux cents valets marchaient en tête, portant deux cents torches; derrière venaient Hugues de Châtillon, seigneur de Dampierre, maître des arbalétriers, tenant un cierge à la main, et le comte de Tancarville tenant la coupe où était le sel nécessaire au baptême; puis la reine veuve de Charles le Bel, Jeanne d'Évreux, portant le nouveau-né; Charles, seigneur de Montmorency, parrain de l'enfant, et Charles, comte de Dammartin, à ses côtés; enfin toute la famille royale, le duc d'Orléans, le duc de Berry, le duc de Bourbon, frère de la reine, et plusieurs autres grans seigneurs et dames, parmi lesquelles la duchesse d'Orléans, la comtesse d'Harcourt et la dame d'Albret, sœur de la reine, « lesquelles estoient bien parées en couronnes et en joyaux; et après, pluseurs autres dames et damoiselles bien parées et bien aournées. » A la porte de l'église, attendaient le cardinal de Beauvais, chancelier de France, qui baptisa l'enfant, le cardinal de Paris, les archevêques de Lyon et de Sens, les évêques d'Évreux, de Coutances, de Troyes, d'Arras, de Meaux, de Beauvais, de Noyon et de Paris, les abbés de Saint-Denis, de Saint-Germain-des-Prés, de Sainte-Geneviève, de Saint-Victor et de Saint-Magloire, « tous en mitre et en crosse. » Sur les deux cents valets portant des torches, vingt-six seulement entrèrent dans l'église et les cent soixante-quatorze autres restèrent au dehors « leurs torches ardans. » Après la cérémonie, il fallut sortir de l'église par le cimetière, « par un huys par lequel l'on entroit au dit hostel, pour la presse qui estoit devant la dite eglyse, » détour

---

portefeuille 92-93) : « Nativitas domini Caroli, primogeniti domini regis Caroli, dominica III die decembris anno Domini 1368 et prima die adventus Domini, quasi cito post mediam noctem illa hora qua cantabatur in ecclesia illud introitatorium *Ecce venit Rex : occurramus obviam salvatori nostro*, *natus* fuit primogenitus domini nostri regis Karoli moderni cum maximo gaudio totius civitatis Parisiensis et die Mercurii VIa decembris post, videlicet in festo sancti Nicholai, in ecclesia beati Pauli apostoli juxta Parisius, hora tertia qua Spiritus descendit super apostolos, baptizatus fuit dictus primogenitus, et tenuit eum supra fontes dominus Momorenciaci dominus Karolus propriis manibus et assistentibus ibi comite de Dompnomartino domino Karolo, domino cardinale Belvacensi baptisante, archiepiscopo Senonensi, domina regina Ebroicense presentibus una cum magno numero episcoporum et abbatum, cum maxima multitudine plebis acclamante cum gaudio magno Noel, Noel; et qui vidit testimonium perhibuit, et verum est testimonium ejus, et scripsit hec Johannes. »

déplaisant, il faut le reconnaître avec M. Paulin Paris, qui ajoute que nos sergents de ville auraient eu bonne raison de cette presse.

Les réjouissances se terminèrent par une distribution, « une donnée, » faite au nom du roi dans la couture Sainte-Catherine, de huit parisis à tous ceux qui purent y aller, car il y eut encore « si grant presse » que plusieurs femmes y périrent.

Nous avons parlé ailleurs [1] du baptistère, désormais célèbre, de l'église Saint-Pol où fut baptisé Charles VI et plus tard le duc d'Orléans. Lors des travaux que ce dernier fit exécuter à l'église Saint-Pol dans les deux dernières années du XIVe siècle, il fit richement décorer sinon ce baptistère, du moins l'autel de la chapelle Saint-Jean-Baptiste, consacrée, comme on sait, aux fonts baptismaux. La face antérieure de cet autel fut ornée de sculptures représentant les armes du roi en écusson surmonté d'une couronne, d'un côté, et de l'autre les armes du duc d'Orléans; les lambris étaient semés de KK (Karolus), RR (rex) et de LL (Ludovicus); les angles de l'autel étaient revêtus de six *images* ou statues. Ce travail coûta quarante livres tournois [2].

V.

C'est encore aux Grandes Chroniques [3] que nous emprunterons le récit de la visite faite par l'empereur Charles IV à la reine à l'hôtel Saint-Pol, en 1378. On sait que pour cette période leur texte mérite la confiance la plus absolue, et, notamment, la relation du voyage de l'empereur paraît avoir été écrite sous les yeux mêmes de Charles V, qui voulait qu'elle fût terminée avant le départ de son hôte.

C'est le dimanche 10 janvier 1378 que l'empereur vint à Saint-Pol :

Le dimanche ensuivant, qui fu le dixiesme jour du moys de janvier, se partirent l'empereur et le roy ensemble, après ce que l'empereur ot disné, et fu apporté l'empereur jusques sur l'eaue au quay en droit le Louvre où estoit le batel dont dessus est faite mention. Et

1. *Bulletin de la Société de l'histoire de Paris*, t. IV, p. 78. Cf. la réponse de M. de Guilhermy, *ibid.*, t. V, p. 27.

2. Pièces justificatives, n° IX.

3. T. VI, p. 399 et ss. Godefroy a publié, d'après les Grandes Chroniques, le récit du voyage de l'empereur en y ajoutant quelques commentaires d'un intérêt médiocre (Paris, 1613, in-4°).

en iceluy vindrent contremont la riviere l'empereur, le roy et le roy des Romains par dessoubs le grant pont droit à Saint-Pol; auquel hostel de Saint-Pol estoit la royne et les enfans du roy. Et quant il furent au dit hostel jusques au milieu de la court[1], le daulphin ainsné fils du roi et monseigneur Loys, comte de Valois, enfans du roy, se agenouillerent contre le roy et alerent après saluer l'empereur en sa chaière où on le portoit et les baisa et osta son chapeau. Et puis furent portés devant nos dis seigneurs, et le roy et le roy des Romains alerent devant à la grant chambre et monterent par la viz, et l'empereur fu aporté après en sa chaiere, et quant il fu en haut, il voult aler veoir la royne, et ensemble y alerent l'empereur, le roy et le roy des Romains; et y avoit grant foule et grant presse de seigneurs, chevaliers et gens d'estat, et tellement que à paine povoit-on passer aux huis. Toutes voies vindrent ens jusques à la vieille chambre de la royne[2], laquelle est pres et encoste de la sale où est l'ystoire de Theseus. Et là estoit la royne au devant du roy et de l'empereur, laquelle avoit un tres riche cercle sur sa teste, et estoit notablement accompaigniée de grans dames telles comme il s'ensuit : premierement y estoit la contesse d'Artois, la duchesse d'Orleans, fille du roy de France, la duchesse de Bourbon, mere de la royne, la niece du roy, fille de son frere le duc de Berry, la fille du seigneur de Coucy, la dame de Preaux et pluseurs autres contesses et dames, femmes de grans seigneurs et de banerés, et d'autres dames et damoiselles en très-grant quantité qui trop longue seroit à escripre. Et quant l'empereur vit la royne, il se fit mettre jus de sa chaiere et osta son chaperon, et la royne le salua et baisa, et puis fu aporté plus avant en la dite chambre devant le lit, et la royne estoit encoste luy et le roy devant qui tenoit le roy des Romains que la royne salua et baisa aussi; et l'empereur et le roy des Romains baisierent toutes les dames qui estoient léans du lignage de France. Et lors demanda moult de fois l'empereur la duchesse de Bourbon, mere de la royne, laquelle estoit à un bous de la dite chambre, hors de la presse, et fu amenié à l'empereur. Et quant il furent pres l'un de l'autre, l'empereur commença si fort à plourer et la dite duchesse aussi que c'estoit piteuse chose à regarder, et les causes si estoient pour la memoire qu'il avoit eu de ce que la seur de la dite duchesse avoit esté sa premiere femme, et aussi que la dite duchesse avoit esté compaigne et nourrie avec la

1. Il s'agit évidemment de la grande cour de l'hôtel de Sens, où nous avons vu Charles VI donner un festin lors de l'entrée d'Isabeau de Bavière à Paris.

2. Nous avons déjà dit que les appartements de la reine étaient à l'autre extrémité de l'hôtel, du côté de l'église Saint-Pol; ce passage prouve qu'il n'en avait pas toujours été ainsi.

duchesse de Normendie, seur de l'empereur et mere du roy : et onques en celle place ne porent parler ensemble ; mais pria l'empereur que après disner il la peust veoir et parler à elle plus secretement, et ainsi fu fait. De là partirent l'empereur, le roy et le roy des Romains et prist congié de la royne, et fu aporté le dit empereur en la chambre du daulphin de Viennois, ainsné fils du roy, laquelle chambre estoit richement appareilliée pour lui, et aussi estoit tout l'hostel comme dessus est dit[1]. Et le roy ala disner en la sale du dit hostel nommée la sale de Sens et y mena le roy des Romains et toutes les gens de l'empereur, avec grant foison de chevaliers tant qu'il en y povoit. Et endementres que l'on disna, l'empereur s'estoit fait mettre dormir, et après le disner du roy et vin et espices données, le roy se retraist en sa chambre et fist retraire le roy des Romains en la chambre de monseigneur Loys son fils, conte de Valois; lequel roy des Romains voult aler veoir les lyons, et en sa compaignie y furent les freres du roy : et quant l'empereur fu esveillié, la devant dite duchesse de Bourbon fu menée devers l'empereur et parlerent longuement ensemble. Et assés tost après, le roy y envoia la royne par les galetas[2] et ses enfans le daulphin de Viennois et le comte de Valois, de quoy l'empereur fu moult lié et fu la royne longuement assise encoste luy et parlerent moult longuement ensemble. Et luy donna la royne un beau reliquaire d'or, grant et notable, garni du fust de la vraie croix et tres-richement garni de pierrerie ; et le daulphin luy donna deux tres beaux brachés (levriers) à beles laisses, et coliers de soie ferrés à fleurs de lis d'or ; desquelles choses fist moult semblant de joie et y prist tres grant plaisir, et en mercia la royne et le dit daulphin. Et pour ce qu'il estoit sus le vespre, et que l'empe-

---

1. « Et generalment par tout le dit chastel (le Louvre) tant en sales, en chambres, en chapelles estoit trestout si paré et ordené que rien n'y faloit combien que des paremens du palais aucune chose n'y eust. Et pour ce que autre fois ne soit dit, pour plus brief parler, fu fait pareillement en tous les hostels du roy où fu l'empereur : c'est assavoir à Saint-Pol, au bois de Vincennes et à son hostel de Beauté » (Grandes Chroniques, t. VI, p. 391). — Il serait curieux de faire, d'après les *Mandements de Charles V* publiés par M. Delisle, le calcul des dépenses faites par Charles V à l'occasion du voyage de l'empereur.

2. Les galetas étaient les chambres des étages supérieurs. Le plus ancien exemple de ce mot est donné par M. Boutaric dans ses *Recherches archéologiques sur le Palais de Justice, loc. cit.* « Edictum in camera compotorum superius ad galathas, 1358. » Il semble qu'à l'hôtel Saint-Pol les galetas étaient plutôt de longues galeries reliant les divers corps d'hôtel que des chambres proprement dites ; du moins le passage des Grandes Chroniques le donne à entendre. — M. Littré (*Dictionnaire de la langue française*) rattache aux croisades l'étymologie de ce mot.

reur et le roy devoient aler au bois de Vincennes, le roy vint en la chambre de l'empereur pour le faire partir, pour ce qu'il estoit ordené que il devoient aler ensemble; et lors prist congié la royne de l'empereur et les dis enfans du roy et se retrairent en la chambre d'emprès. Et lors vint le roy des Romains devers la royne et prist congié d'elle, et elle luy donna un tres bel et riche fermail d'or garni de pierrerie. Et tantost se partirent et alerent devant monter à cheval le roy et le roy des Romains, et l'en monta l'empereur en la litiere de la royne, et ainsi s'en alerent tout droit au bois.....

VI.

Un des faits du moyen âge dont les historiens et les romanciers ont le plus tiré parti est à coup sûr cette lugubre mascarade où Charles VI faillit périr; il nous faut cependant en parler, parce qu'il est impossible de la séparer de l'histoire de l'hôtel Saint-Pol et qu'on a même prétendu que cet hôtel n'en avait pas été témoin. C'est Sauval qui a le premier émis ce doute : « L'auteur anonyme de la Chronique de Saint-Denis, dit-il, et la plupart de ceux qui ont fait mention de cette funeste aventure assurent que ceci se passa à l'hôtel Saint-Pol : Juvénal des Ursins, au contraire, dit que ce fut à l'hôtel de la reine Blanche : quant à moi, dans un accident si remarquable et de si grande importance, je ne sais si l'on ne doit point ajouter plus de foi à cet excellent homme qu'aux autres, lui principalement qui a passé presque toute sa vie à la Cour et qui peut-être alors étoit présent [1]. » M. de Gaulle, reprenant cette idée, est encore plus affirmatif et déclare « que le témoignage de Juvénal des Ursins ne peut être révoqué en doute [2]. »

Pour le récit de la mascarade de Charles VI, nous avons, outre Juvénal des Ursins, le Religieux de Saint-Denis et Froissart, sans compter une note manuscrite évidemment contemporaine; ces trois dernières sources, dans lesquelles on doit avoir toute confiance, portent que la scène en question se passa à l'hôtel Saint-Pol; nous n'avons donc plus aucune raison de préférer le témoignage de Juvénal des Ursins, dont le récit d'ailleurs est assez incomplet.

La reine avait marié une de ses demoiselles d'honneur, Cathe-

---

1. Sauval, t. II, p. 74.
2. *Histoire de Paris*, t. II, p. 595, note 3.

rine de Hainserville[1], allemande comme elle, à un chevalier, d'Allemagne selon le Religieux, du Vermandois au dire de Froissart. Or c'était la troisième fois que Catherine se remariait, et l'Anonyme de Saint-Denis remarque à ce propos que, dans beaucoup d'endroits du royaume, le mariage d'une veuve est regardé comme déshonorant; de là une foule de travestissements et de mascarades. Pour se conformer à cette tradition, le roi imagina, lui et cinq seigneurs de sa cour, de se déguiser en sauvages, sans que personne en sût rien, et de pénétrer sous ce costume dans la grande salle de l'hôtel, le soir même des noces, c'est-à-dire le mardi 28 janvier 1393 (n. s.). Ce projet fut mis à exécution : « Quand ils furent tous six vestus de ces cottes (qui estoient faictes à leur point) et ils furent dedans cousus et joints, ils se monstroient estre hommes sauvages, car ilz estoient touz chargez de poil depuis le chief jusques à la plante du pié. » C'est dans cet état, et liés l'un à l'autre par des chaînes qu'ils vinrent se mêler à la foule des seigneurs et dames. Le duc d'Orléans, curieux de ce spectacle, prit des mains d'un valet une torche allumée et l'approcha du groupe des sauvages pour les mieux voir. Le feu se communiqua instantanément à la poix et aux étoupes, et les six sauvages furent aussitôt entourés de flammes. La duchesse de Berry, qui avait reconnu le roi parmi l'un d'eux, parvint à l'étouffer dans les plis de sa robe (sous sa gonne) et à éteindre les flammes. Quatre autres périrent sans qu'on pût leur porter secours : le bâtard de Foix, le comte de Joigny, Hemart de Poitiers et Huguet de Guisay. Quant au sire de Nantouillet, il échappa à la mort grâce à sa présence d'esprit : « L'un des cinq fu Nanthouillet qui s'avisa que la bouteillerie estoit près de là. Si fuit cel part, et se getta en un cuvier tout plein d'eau où on reinçoit tasses et hanaps. Cela le sauva et autrement il eust esté mort et ars comme les autres, et non obstant tout ce il fu en mal point[2]. »

1. Nous ne trouvons ce nom que dans la note que nous avons indiquée plus haut. En voici le texte (Bibl. nat., mss. fonds latin 14669, fol. 101 v°) : « Item, l'an IIIIxx et XII, XVIIIe jour de janvier le roy à Saint-Pol, et furent ce jour les nopces de mademoiselle de Hainserville où estoient la royne, Berry, Bourgogne, Orléans, Bourbon, madame de Berry, madame de Bourgogne et pluseurs grans seigneurs et dames, et ce jour furent ars le bastart de Foix, le comte de Joigny, messire Hemart de Poitiers et Huguet de Guisay, et Nantoillet s'en sorty en la cuisine. »

2. Froissart, édition Kervin de Lettenhove, à la date de 1393.

La reine avait bientôt appris que le roi faisait partie de la mascarade. En entendant les cris, elle s'enfuit dans sa chambre où elle s'évanouit ; il fallut que la duchesse de Berry lui amenât le roi en personne pour la rassurer.

Le bruit s'était répandu que le duc d'Orléans avait volontairement causé cet affreux malheur. Le Religieux de Saint-Denis, qui lui est dévoué, l'en défend ; il attribue l'accident à l'étourderie de jeunesse du duc, et c'est pour le réparer, dit-il, qu'il fit faire aux Célestins une très grande et très belle chapelle de pierres de taille, que quelques-uns appelèrent néanmoins le monument du crime, *monumentum sceleris.*

VII.

Charles VI mourut à l'hôtel Saint-Pol le 21 octobre 1422[1]. Les historiens du temps, notamment Monstrelet et le Bourgeois de Paris, ont laissé un récit très détaillé de sa mort et de ses funérailles. Nous avons trouvé dans les manuscrits de Menant à Rouen[2] un compte très minutieux de toutes les dépenses que nécessitèrent ces funérailles, et nous en donnons[3] des fragments assez étendus pour qu'on y trouve l'énumération de toutes les cérémonies, sauf à indiquer en note les détails extrinsèques pour ainsi dire que la nature même d'un compte ne peut comporter. Il est inutile d'insister sur l'intérêt que présente ce document ; c'est l'histoire des mœurs par le menu et, nous l'avons déjà dit, la vraie et seule histoire puisée aux meilleures sources.

---

1. On sait que Charles V mourut à l'hôtel de Beauté-sur-Marne ; le témoignage des Grandes Chroniques et d'autres historiens pour ce fait ne peut être mis en doute, pas plus que ce passage d'un inventaire de l'hôtel de Beauté : « Au plus haut de la tour, en la grant chambre sur la fontaine où on dit que Charles mourut... » (*Revue archéol.*, 1854-1855, p. 449). Froissart s'est donc trompé quand il dit (livre II, ch. LVIII) que Charles V mourut à Saint-Pol.

2. T. VIII, fol. 134 et suiv.

3. Voyez plus loin, aux Pièces justificatives, sous le n° XVIII.

PIÈCES JUSTIFICATIVES.

I.

8 mai 1361.

Le comte d'Étampes et Jeanne d'Eu, sa femme, cèdent au régent la maison qu'ils avaient à Paris, « lès l'église Saint-Pol ».

Nous, comte d'Estampes et Jehanne d'Eu, contesse d'ice lieu, sa femme, de lui souffisamment auctorizée, savoir faisons à tous presens et avenir que nous et chascun par soy et pour le tout, de nostre bon gré et volenté, sans aucune contrainte, fraude ou malice, et bien conseilliez et avisiez, pour nous, nos hoirs et successeurs avons donné, cessié, quittié et du tout delaissé, donnons, quittons et irrevocablement delaissons par la teneur de ces presentes à tousjours, à tres haut et tres puissant prince nostre tres redoubté seigneur monseigneur Charles, ainsné filz de nostre tres redoubté et souverain seigneur monseigneur le Roy de France, pour luy, ses hoirs et successeurs et aianz cause de lui ou temps avenir, tout l'ostel ou manoir que nous avons lez l'eglise de Saint-Pol, tout ainsi comme il se comporte, par haut et par bas, avecques touz les jardins, preaux, treilles et autres appartenances et appendances d'icelluy, tenant d'une part au cemetiere de la dicte eglize, et auz jardins de l'arcevesque de Sens, d'autre, et à plusieurs autres tenenz avecques un hostel joignant d'icelluy ou quel soulloit demeurer maistre Robert de Seriz. Et, d'icellui hostel avec les dictes appartenances nous sommes dessaisiz et devestuz, dessaisissons et devestons, et en avons saisi et vestu, saisissons et revetons le dit seigneur, et d'abundant pour nous faisons et constituons par ces presentes noz procureurs generaux et messaigers especiaux noz bien amez maistres Nicoles de Vaires et maistre Jehan de Marcueil clers et secretaires, et maistre Bertaut Jobelin, notaire de noz diz seigneurs, ausquelx ensemble, et à chascun par soy et pour le tout sans rappel aucun, nous donnons plein povoir et auctorité et mandement especial de faire les dessaisissemens et devestz dessus diz pour nous et en nostre nom par la teneur de ces presentes, tout ainsi comme nous pourrions faire en noz propres personnes, promettanz et chascun de nous par soy et pour le tout au dit monseigneur le duc à lui garantir et deffendre le dit hostel envers touz et contre touz à noz propres couz et despens, et à lui ou à ses hoirs et successeurs rendre et paier touz couz, dommaiges et interest que il ou les aianz cause de lui pourroient encourir ou temps avenir pour cause de ceste presente donation, transport et cession, et eulx croire des diz damaiges par leur simple serment. Obligons quant à ce à lui et à ses hoirs pour accomplir, fermement garder et tenir les choses dessus dictes, touz noz biens et de chascun de nous, meubles et heritaiges, presens et avenir, en quelque lieu qu'il soient ou pourront estre trouvez, et renunçons expressement, chascun de nous par soy et pour le tout, à tout ce que nous pourrions dire et alleguer ou opposer nous estre deceuz ou moins suffisamment avisiez ou conseilliez en ce fait du benefice du moindre d'aage, et à touz autres droiz, raisons et deffenses... et à toutes autres exceptions... Et pour les choses dessus dictes estre plus fermes et estables, nous supplions et requerons nostre dit seigneur le Roy que ycelles veuillie confermer, ratiffier, louer et approuver par ces lettres, se requis en est par nostre dit seigneur le Duc. Et que ce soit ferme chose et estable à touz jours nous avons fait sceller ces lettres de noz seaulx. Donné à Paris le huitiesme jour de may, l'an de grace mil trois cens soixante et un.

(Arch. nat. J 154, n° 2.)

II.

9 mars 1361, (n. s.).

Bail passé par-devant le prévôt de Paris entre Guillaume Neelle et Jehanne sa femme, bailleurs au nom de leurs enfants mineurs, et Laurens Malaquin et Ourcine sa femme, d'un hôtel ou manoir situé rue du Petit-Musc. — (Dans l'acte est inséré l'acte de « tuition ou curation », daté du 31 mars 1354.)

A tous ceuls qui ses presentes lettres verront, Jehan le Bacle de Meudon, chevalier, garde de la prevosté de Paris, salut, savoir faisons que, par devant Symon Helouys et Giles Gobin, clercs notaires jurez et establiz de par le Roy nostre sire en son Chastellet de Paris pour ce, furent personnellement establiz Guillaume Neelle marchant de vins, bourgois de Paris et Jehanne sa femme, et par avant femme de feu Jehan de Saint-Marcel le joenne, en leurs propres et privez noms et comme aians la garde, administracion et mainbournie de Jehannin et Crespine, enfants meneurs d'aage du dit feu Jehan et de la dicte Jehanne, et mesmement la dicte Jehanne et Jehan de Montmorency, notaire du Chastellet de Paris, es noms et comme tuteurs ou curateurs des diz meneurs, si comme il apparut aus diz clercs, notaires, jurez et qui le virent plus à plain estre contenu en et par unes lettres de tuition ou curation scellées, si comme par la teneur d'icelles apparoit, du scel de la court de l'official de Paris, qui en la fin de ces lettres sont incorporez, d'une part . . . .

. . . .

Laurens Malaquin et Ourcine sa femme, orfevres, bourgois de Paris pour eulx et en leurs noms, d'autre part, et ausquelles femmes leurs diz maris donnerent et octroierent, elles ce requerant, prenans et acceptans par devant les diz clers, notaires jurez comme en droit par devant nous, povoir, licence et auctorité de passer, faire et accorder avecques eulx les choses ci-dedanz contenues; lesquelles parties de leurs bons grez, bonnes voulentez et certaines sciences, sans fraude, force, erreur, decevance ou contrainte aucune, mais pour le tres grant, cler et evident prouffit de chascune d'icelles, sur ce bien avisées et par tres grant et meure deliberacion, conseilliez chascun en droit soy de son faict et de son droict, si comme elles disoient, recongnurent et pour verité confesserent, par devant les dis clers notaires jurez comme en droit par devant nous, elles avoir fait et traictié ensemble li une partie avec l'autre et de un mesmes assent, les ascensement, accors, marchiés et convenances cy dedans contenues, par la maniere et soubz les condicions qui cy après s'ensuivent. C'est assavoir les diz Guillaume et sa femme en leurs privez noms, et mesmement la dicte femme auctorisée comme dit est et le dit Jehan de Montmorency, es noms et comme tuteurs ou curateurs des diz meneurs, avoir ascensé, ottroié, baillié, quitté, cessé, transporté et du tout au tout delaissié aus diz Laurens Malaquin et Ourcine sa femme et yceuls Laurens et sa femme, chascun pour le tout, avoir prins et retenu à droit croez de cens ou de rente annuelle et perpetuelle de soy en droit à touz jours pour yceuls Laurens et sa femme, pour leurs hoirs et pour ceuls qui de euls auront cause ou temps avenir, un hostel ou manoir que les dessus diz bailleurs disoient estre la moitié du conquest de la dicte Jehanne et l'autre moitié du propre heritage des diz meneurs, assis oultre la porte Saint-Anthoine de Paris, vers les Barrez, en une rue qui est dicte Pute-y-muce, avecques le coulombier, le jardin, toutes les maisons, louages, court, ediffices, leurs veues, agouz, aisances, drois et quelconques adjacenses et appartenances, si comme tout se comporte et extent de toutes pars en lonc, en lé, en haut, en bas, devant et derieres en fons et en parfont, tenant ycelui hostel ou manoir aus enfans de feu monseigneur Jehan Poucin, d'une part, et à une place et plastriere qui est de Sainct-Eloy de Paris, d'autre part; aboutissant le dit jardin, par derreres, aux hoirs feu dame Philippe l'esmailleresse, jadis bourgoise de Paris et d'un autre bout par devant en la dicte rue de Putti-muce (*sic*), en la censive de religieuses personnes et honnestes le prieur de Saint-Eloy de Paris, chargié tout en seize souls parisis de fons de terre, deuz et paiez chascun an au dit prieur de Saint-Eloy le jour de Noel, et en dix livres parisis de croez de cens ou rente annuelle et perpetuelle, deuz et paiez egaument par les quatre termes en l'an generalment à Paris acoustumez, c'est assavoir : à Pierre de Langny, changeur, bourgois de Paris, quatre livres parisis et à Pierre d'Espernon bourgois de Paris les autres six livres, tout sanz nulle autre charge. . . . .

c'est assavoir ces presens ascensement, bail et prinse fais pour ce parmy vint et six livres parisis de rente annuelle et perpetuelle; oultre et par dessus la devant dite charge, sur et par tele condition toutes voies que les diz preneurs sont et seront tenuz et promistrent, chascun pour le tout, sans division faire li un de l'autre, asseoir et assigner les dictes vint et six livres parisis de croez de cens ou de rente annuelle et perpetuelle à une foy ou par parties aus diz bailleurs, pour culs et pour les hoirs et aians cause de la dicte Jehanne et des diz meneurs, bien et convenablement et en bonne assiete et convenable, entre les quatre portes de Paris, au dit et regart de six personnes esleuz, c'est assavoir les trois de l'une partie et les autres trois de l'autre partie. Et aussi les diz bailleurs, es noms que dessus, leur promistrent à delaissier, et, la dicte assiette ainsi convenablement faite comme dit est, prendre et accepter d'eulx et à leur premiere requeste, sanz aucune difficulté ou contradiction, dedenz deux ans prochain venant, et neantmoins, toutes les dictes vint et six livres parisis de croez de cens ou de rente annuelle et perpetuelle les diz preneurs et chascun d'eulx pour le tout promistrent loyaument et en bonne foy et gaigierent es mains des diz clers, notaires jurez, comme en la nostre, rendre et paier aus diz bailleurs es noms que dessus et aux hoirs ou aians cause de la dicte Jehanne, des diz meneurs ou au certain commendement d'euls et de chascun d'eulx, portans ces lettres, chascun an de soi en droit egaument par les diz quatre termes en l'an generalment à Paris soit ainsi souffisamment et convenablement faite comme dit est . . . .

Au tesmoing de ce, nous à la relacion des diz clers, notaires jurez, avons mis à ces lettres le seel de la prevosté de Paris, l'an de grace mil trois cens soixante, le mardi nuef jour de mars.

G. Gobin.

(Arch. nat. J 154, n° 1.)

III.

25 juillet 1362.

Par devant le prévôt de Melun, Guichard de Chartrettes, chevalier, s'engage à payer au prieur de Saint-Éloy, au nom du duc de Normandie, régent du royaume, une somme de 60 francs qu'il devait au dit régent à cause d'une amende.

A tous ceulx qui ces lettres verront, Lyenart Pioche et Jehan de l'Ospital, prevoz de Melun, et Pierre Bougueneau, garde du seel de la dicte prevosté, salut. Sachent tuit que par devant nous vint et fu presenz en sa propre personne noble homme monseigneur Guichart de Chartretes, chevalier, si comme il disoit, affirmans que comme il feust et soit tenuz à monseigneur le duc de Normandie, dalphin de Viennoys, en la somme de sesante francs d'or du coing du Roy nostre sire, pour cause de certaine amende qui aujourd'ui a esté tauxée par le bailli de Meleun pour certains delis et meffais en quoy il avoit esté condempné par le dit seigneur, si comme il disoit, recongnut le dit chevalier de sa bonne voulenté sans contrainete devoir et estre lealment tenuz, liez et obligez à rendre et paier la dicte somme de sesante frans d'or dessus diz, ou nom et pour nostre dit seigneur, à religieux homme le prieur de Saint-Eloy de Paris ou au porteur de ces lettres pour lui, en deschargeant le dit seigneur de semblable somme de sesante francs en quoy il est tenuz au dit prieur . . . .

En tesmoing de ce, nous avons seellé ces lettres du seel de la dicte prevosté de Meleun, le lundi xxve jour de juillet l'an de grace mil trois cens soixante et deux.

COQUILLET.

(Arch. nat. J 154, n° 4 bis.)

IV.

3 septembre 1362.

L'abbé et le couvent de Saint-Maur cèdent au Dauphin leur hôtel sis à Paris, en la paroisse Saint-Pol, moyennant certains fiefs.

Universis presentes litteras inspecturis, Johannes, permissione divina monasterii Sancti Mauri Fossatensis, ordinis sancti Benedicti, Parisiensis diocesis, humilis abbas, totusque ejusdem loci conventus salutem in Domino sempiternam. Racionis prosequentes judicium, arbitramur fore per nos Dominorum et principum votis favorabiliter annuendum, et illorum potissimum a quibus et progenitoribus eorumdem nobis et nostro monasterio multa bona et beneficia perveniunt, et sub quorum favoribus prosperamur, eorum que protectionis clipeo a multis oppressionibus et violentiis indebitis relevamur et sepius defensamur. Notum igitur facimus universis, tam presentibus quam futuris, quod, cum nos et nostrum monasterium habeamus Parisius quandam domum, cum quodam magno jardino eidem domui contiguo, admortisatos, sitos in dominio et censiva prioris prioratus Sancti Eligii, Parisius, membri dicti nostri monasterii in parochia Sancti Pauli, Parisius, contiguos domui Laurencii de Sancto Yonio et jardino domine de Cassel, prope cimiterium parrochialis ecclesie Sancti Pauli, ac jardino excellentissimi principis et domini nostri domini Karoli primogeniti domini nostri Regis Francorum, ducis Normannie et dalphini Viennensis, ex una parte et domui Stephani le Tonnelier et ruelle de Pute-y-muce ac vico Plastri ex altera parte, confrontatos a parte posteriori cuidam aleye que est inter domum domini archiepiscopi Senonensis ac jardinum domini primogeniti, memorati, oneratos tantummodo quatuor libris annui et perpetui redditus debitis priori supradicto, quatuor terminis Parisius consuetis : cumque dilectus dominus primogenitus pro dilatatione et ampliatione domus et jardinorum suorum, quos ibidem habet satis propinquos, dictis domo et jardino nostris tanquam sibi propiciis et necessariis indigeret, nobis super hoc sui conceptum animi et desiderium fecisset exponi, nos propter hoc in nostro capitulo ad sonum campane more solito congregati, habita super hoc deliberatione matura, conclusimus unanimes debere ipsius domini primogeniti sub cujus protectione et salvagardia speciali beneficio securitatis gaudemus, et habemus cunctorum malignancium emulorum oppressiones et violencias indebitas non timere desideriis annuendum. Quamobrem, domum et jardinum nostros predictos, oneratos quatuor libris redditualibus supradictis, eidem domino primogenito pro se et suis heredibus ac successoribus tradidimus, cessimus et dimisimus, tradimusque cedimus et dimittimus per presentes, tenendos et habendos per ipsum dominum primogenitum, heredes et successores prefatos ex nunc in antea perpetuis futuris temporibus ac pacifice possidendos. Insuper volumus et expresse consentimus ac eidem nomino primogenito concedimus per presentes quod omnes et singulas possessiones, nemora, redditus et quecumque alia que ipse dominus primogenitus a nobis et nostra ecclesia in feodum tenebat in villa et territorio de Torsi, et que ipse dominus in thesaurarium et capitulum sue ecclesie Beate Marie de Vivario in Bria, Meldensis diocesis, noscitur transtulisse, ipsi thesaurarius et capitulum ad ponendum extra manum suam res, bona, redditus, nemora et possessiones easdem valeant quomodo licet coartari nunc vel alias in futurum, salvo tamen et retento nobis ac thesaurario et canonicis supradictis quod omnes et singulos redditus, quos ante translationem predictam dictus dominus primogenitus ad causam dicti feodi de Torsi nobis solvere tenebatur, et quos eciam eidem solvere tenebamur, iidem thesaurarius et canonici nobis et nos eisdem solvere tenebimur et solvemus bona fide. Nos autem, racione dictorum domus et jardini, quadraginta, ac racione admortizationis predicte, decem libratas terre ad Parisienses admortizatas ab ipso domino confitemur recompensacionem concedentem habuisse et habere in rebus et redditibus infrascriptis, videlicet in centum viginti quatuor arpentis nemorum apud Oratorium la Ferriere siti, in et pro precio et estimacione tresdecim librarum parisiensium annui et perpetui redditus. Item, apud Villers prope Turnomium in uno feodo cum ejus juribus et dependenciis, in precio et estimacione viginti librarum Parisiensium. Item, de summa sexdecim librarum et sexdecim denariorum parisiensium annui et perpetui redditus apud Masengi, septem libras parisiensium redditus supradicti. Et hec omnia in recompensationem dictorum domus et jardini de Sancto Paulo. Et in residuo dictarum sexdecim librarum sexdecim denariorum apud Masengi, videlicet in novem libris et sexdecim denariis parisiensibus, dictas novem libras et sexdecim denarios parisienses pro recompensatione admortizationis per nos facte de illis que thesaurarius et canonici de dicto Vivario in Bria tenent a nobis apud Torsi. De quibus siquidem recompensationibus utique contentamur et de illis dictum dominum primogenitum ac suos heredes et successores prefatos quittamus et absolvimus perpetuo per presentes. In cujus rei testimonium, presentibus litteris nostra duximus apponenda sigilla. Datum in monasterio nostro predicto die tercia septembris, anno domini millesimo trecentecimo sexagesimo secundo.

(Arch. nat. J 154, n° 4.)

V.

17 mai 1364.

Symon Verjal, bourgeois de Paris, et sa femme vendent à Charles V leur maison et ses dépendances, situées rue du Petit-Musc, moyennant 200 livres tournois.

Symon Verjal, marchant de buche et bourgeois de Paris, et Crespine sa femme, fille de feu Jehan de Saint-Marcel le joine, jadiz marchant et bourgois de Paris, et de feue Jehanne jadis sa femme, auctorizée souffisaument de son dit mari en leurs propres et privez noms, et le dit Simon comme tuteur ou curateur de Jehanin de Saint-Marcel, filz des diz feuz Jehan et Jehanne et frere de la dicte Crespine, si comme il nous apparut par unes lettres de tuition ou curation scellées du scel de la dicte prevosté de Paris qui seront, se mestier est, encorporées au grossoier et au nom tutoire ou curatoire du dit Jehannin, etc., confesse avoir vendu es noms et comme dessus, des maintenant à touz jours et en nom de pure et perpetuele vente quittié, cessié et transporté du tout en tout et promis à garantir es noms que dessus, etc., à tres noble, tres haut et tres puissant prince Charles, roy de France nostre seigneur, pour lui et pour ses successeurs, etc., tout cel droit, raison et action quelconque senz riens excepter comme les dix Simon, Crespine et Jehanin de Saint-Marcel et un chascun d'eulx avoient, devoient et povoient avoir en un hostel ou manoir qui jadis fu aus diz feuz Jehan de Saint-Marcel et sa femme, assise dehors la porte Saint-Antoine de Paris vers les Barrez en une rue appellée Pute-y-muce avecques le coulombier, le jardin en toutes les maisons, louages, court, edifices et toutes les autres appartenances et appendences quelconques d'icelui manoir si comme tout se comporte et extent de toutes pars, etc., tenant d'une part aus enfans de Philippe l'esmailleresse, jadis bourgoise de Paris, tout en la censive des diz religieux de S. Eloy et chargié en dix livres seze soulz parisis tant de fons de terre comme de crois de cenz ou rente par an, annuel et perpetuel deuz, c'est assavoir aus diz religieux de S. Eloy seze solz parisis pour le fons de terre, au jour de Noël, six livres parisis à Symon de Saint-

Benoît et quatre livres parisis à Giles Galois et sa femme à cause egalement pour les quatre termes generalment en l'an à Paris acoustumez, etc.; ceste vente faicte pour le pris de deux cens livres tournois, monnoye courant à present, frans et quictes aus diz vendeurs que le dit Simon es noms que dessus en confessa avoir eu et receu du dict nostre seigneur le Roy en deux cenz frans d'or, etc., quittes, etc., promettant, etc. . . . .

Fait l'an mil CCCLX, le samedi XVIIe jour de may.

GAILLEFAUCOURT. L'AVENANT.

(Arch. nat. J 154, n° 1 ter.)

VI.

26 août 1364.

Quittance de l'abbé et du couvent de Saint-Maur, au sujet de la vente stipulée dans l'acte précédent.

Universis presentes litteras inspecturis, frater Johannes, permissione divina monasterii Sancti Mauri Fossatensis ordinis sancti Benedicti, Parisiensis diocesis, humilis abbas, totusque ejusdem monasterii conventus, salutem in Domino. Cum excellentissimus serenissimusque princeps et dominus noster dominus Karolus, Dei gratia Francorum rex, ad causam domus et jardini Sancti Pauli Parisius quos sibi antequam ad sui regni regimen assumptus existeret, tradidimus et dimisimus per se et heredes suos perpetuis futurisque temporibus possidendos, certam recompensacionem nobis et nostro monasterio facere teneretur, notum facimus quod nos recompensacionem hujusmodi recepimus et habuimus ac habemus concedentem, nosque de illa tenemus et sumus plenissime pro contentis, ipsumque dominum nostrum et suos heredes, ac ab illo causam habentes ac habituros nostro et monasterii nostri nomine, quittamus et absolvimus penitus de eadem, non obstante quod centum solidi redditiales nobis ad causam dicte recompensacionis apud Masangi inter cetera assignati ab ipso domino nostro non moveant, et quod dominus Nicolaus Braque, miles, introire fidem nostram et homagium nobis facere de feodo de Villers contradicat.

In cujus rei testimonium sigilla nostra litteris presentibus duximus apponenda. Datum anno Domini millesimo trecentesimo sexagesimo quarto, vicesima sexta die mensis augusti.

(Arch. nat. J 154, n° 4 ter.)

VII.

5 juillet 1365.

Vidimus par l'official de Sens du testament d'Étienne Becquard, archevêque de Sens, en ce qui concerne l'hôtel des archevêques, sis à Paris paroisse Saint-Pol.

Tangentes domum que fuit Domini Archiepiscopi Senonensis, juxta sanctum Paulum.

Universis presentes litteras inspecturis, etc., officialis Senonensis salutem in Domino . . . .
Item legamus archiepiscopatui et ecclesie nostris Senonensibus, domum nostram, cum adjacentiis et pertinentiis ejusdem, quam Parisius acquisivimus et emimus a Petro Marcelli, cive Parisiensi, et quam construi fecimus prope ecclesiam fratrum Barratorum ante Secanam, oneratam censibus et oneribus debitis ab antiquo super dictam domum, quam etiam domum admortizari fecimus et procuravimus a religiosis viris abbate et conventu Sancti-Mauri de Fossatis, Parisiensis diocesis et priore sancti Eligii Parisiensis, in cujus justitia et dominio dicta domus est sita; ita tamen quod ille qui pro tempore fuerit archiepiscopus Senonensis, vel aliquis quicumque dictam domum teneat, quocumque jure vel consuetudine, tenebitur solvere annuatim pro dicta domo quadraginta libras turonensium annue pensionis seu redditus, de quibus dictam domum ex nunc oneramus, solvendas videlicet : decem libras turonensium capellano capelle nostre de Chesneyo, qui pro tempore fuerit annuatim in synodo Senonensi. Item, capellano capelle de Marcherio centum solidos turonenses anno quolibet in dicta synodo. Item, curato parrochiali ecclesie de Virellis, qui pro tempore fuerit, centum solidos turonensium anno quolibet in dicta synodo, pro anniversario nostro et parentum nostrorum in dictis locis perpetuo et eorum quolibet faciendo. Item, viginti libras turonensium residuas vicariis nostre ecclesie Senonensis quolibet anno in dicta synodo ad augmentationem distributionum suarum, et ad hoc dictam domum specialiter obligamus. Si vero archiepiscopus Senonensis, qui pro tempore fuerit, vel alius qui dictam domum tenebit, noluerit solvere pro dicta domo dictas quadraginta libras, prout superius per nos est ordinatum, ex nunc volumus quod omnino careat legato hujusmodi domus, et legatum hujusmodi nullius penitus sit valoris, et volumus quod dicta domus vendatur per executores nostros, eisdem hoc faciendo potestatem dantes et concedentes, et quod pecunia inde habita convertatur per eosdem in utilitatem executionis nostre prout eis visum fuerit expedire; alias vero domos seu granchiolas, contiguas eidem domui admortizate, cum pertinentiis suis omnibus et jure ruelle exeundi ab eis ad Secanam, quas emimus a Roberto dicto Augans, cive Parisiensi, donamus ex nunc venerabili

viro magistro Johanni de Pleneyo, canonico Senonensi, socio et executori nostro, donatione irrevocabili, et in recompensationem servitii sui nobis ab ipso facti et pro pena quam pro nobis et ecclesia sua sustinuit et habuit temporibus retroactis, ipsis que ex nunc gaudere volumus, tanquam suis, ac litteras quas habemus super emptione predicta eidem magistro Johanni tradi et liberari volumus et jubemus.

Et ego, Michael Houdrici, clericus Senonensis, notarius publicus apostolica et imperiali auctoritate. . . . .
. . . .

(Bibl. nat., mss. coll. Fontanieu, t. 90.)

VIII.

4 juillet 1366.

Quittance de Guillaume de Melun, archevêque de Sens, de la somme de mille francs, restant à payer sur les 11,500 francs d'or qui lui étaient dus pour la vente de son hôtel des Barrés.

Nous, Guillaume de Melun, par la grace de Dieu arcevesque de Senz, confessons avoir eu et receu des generaux tresoriers à Paris pour la delivrance du roy Jehan nostre sire, dont Diex ait l'ame, par la main de Jehan l'Uissier, receveur general des aides ordenez pour la dicte delivrance, la somme de mil franz d'or, qui deuz nous estoient à paier à la Saint Jehan Baptiste darrenierement passée, demorans de onze mil cinq cenz frans d'or, pour la vente de nostre hostel des Barrez, que le Roy nostre sire a joint à son hostel de Saint-Pol, desquex mil frans nous noz tenons à bien contens et paiez. Donné à Paris soubz nostre seel, le IIIIe jour de juillet l'an mil trois cenz soixante six[1].

(Arch. nat. J 154, n° 7 bis.)

IX.

Compte[2] Jehan Gilon, secrétaire de monseigneur le duc d'Orliens[3], de pluseurs receptes et mises par lui faites par l'ordonnance de mon dit seigneur,

---

1. A la même pièce sont annexées sept autres quittances du même archevêque de Sens, datées de l'année 1365, et constatant des paiements divers sur la somme de « onze mil cinq cenz frans d'or », prix de la vente.

2. Ce compte forme un cahier de vingt-trois folios, contenu dans une boîte cotée aux archives KK, 264-266. Les deux autres dossiers de la layette sont également des comptes du duc d'Orléans, mais qui n'intéressent pas notre sujet : le premier (KK, 264) est un inventaire de la vaisselle d'or du duc, daté de 1388; l'autre (KK, 266) est un compte des dépenses de la chapelle que le duc faisait construire en 1400 « joingnant de l'esglise des religieux Célestins du mont de Chastres en la forest de Cuise ».

3. Nous avons déjà eu l'occasion de parler de Louis d'Orléans comme pro-

tant pour pluseurs ouvraiges et aournemens d'eglise comme galices, cothidiens et autres choses pour la decoration de plusieurs chapelles par lui ordonnées es eglises de Saint-Pol et de Saint-Eustace à Paris, comme pour ycelles faire desservir et aussi paier certaines messes et anuelz par lui ordonnez estre diz et celebrez es ordres des Celestins à l'Ostel-Dieu de Paris et ailleurs come cy dessoubz en la despence de ce present compte sera plus à plain faicte mencion, cette recepte et despense faicte depuis le xxe jour d'avril IIIIxx XIX jusques au xxve de mars cccc et un veille de grans Pasques.

MAÇONNERIE, CHARPENTERIE ET PAINTURES.

Premierement : à Simon le Hery, maçon, et autres ouvriers, pour avoir fait, ou logiz du clerc de la dicte esglise de Saint-Pol, jouxte la porte d'icelle eglise, par une maniere d'eschauguette pour garder la dicte esglise, deux planchiers entre les voltes et le tresor, faites les cloisons du costé du petit huis aussi comme l'on entre dedans la dicte esglise et font saillie sur les degrez du dit tresor; fait troiz paires d'autres cloisons, l'une sur l'autre, servans aus voultes; seellé un potiau debout en icelles qui soustiennent le cours des planchiers, où il a vacqué en ce faisant, lui et deux de ses dis compaingnons et troiz aides, depuis le VIe jour du dit moys de may jusques au XIIe jour ensuivant, l'un et l'autre inclus, qui font XVIII jours, donnés au fuer de cinq solz paris par jour, valent IIII l. x sols; et, pour les troiz aides, au pris de deux solz IIII deniers pour chascun, valent XLII s.

A lui, pour avoir seellé en deux bées de fourmes, à l'endroit de l'autel monseigneur saint Jehan Baptiste, XXVIII barreaux de fer pour y asseoir nouvelles verrieres à la devocion du dit seigneur pour esclarrier le dit autel, et au dessuz des dictes bées en une autres bées, faitte en la maniere de troiz demi compas, assiz dedans la pierre de taille, un sercle de fer pour tenir le verre, où ilz ont vacqué, lui et son compaingnon et un tailleur de pierres, par deux jours chacun, qui font VI jours, valent, au fuer de V s. parisis par jour, XXX sols, et pour trois varlez, par les diz deux jours, au dit pris de II s. IIII deniers, valent XIIII sols.

---

tecteur des arts et de mentionner la chapelle qu'il fit faire aux Célestins, son œuvre la plus célèbre; nous avons dit aussi qu'il avait été baptisé à l'église Saint-Pol et qu'il avait voulu consacrer ce souvenir par de riches embellissements à cette église, notamment à la chapelle de saint Jean-Baptiste. C'est, nous semble-t-il, un complément indispensable de notre travail que le compte de ces travaux; outre les renseignements précieux que l'archéologie peut y recueillir sur la construction d'une église à la fin du XIVe siècle et les détails du plan de l'église Saint-Pol, l'historien y trouvera la trace du goût artistique du duc d'Orléans et de cet esprit ouvert au sentiment du beau dont Charles V est l'origine, et qui se perpétua dans la branche cadette jusqu'à Charles IX et Henri III, au détriment de la branche aînée dont Charles VI est le triste chef.

A lui, pour avoir desmaçonné deux autres bées de deux fourmes qui estoient estoupées, l'une derriere le dit autel de monseigneur Saint Jehan, et l'autre jouxte le dit tresor pour y asseoir du verre; et y avoir fait troz en chascune bée, et seellé dix barreaux de fer, pour ce, pour deux journées de deux maçons et de deux varlez au dit prix XXIX sols IIII deniers.

A lui, pour avoir jointoyé les trois voultes qui sont depuis le dit autel de Saint-Jehan jusques au petit huis de l'entrée d'icelle église par devers la dicte guette, joinctoyé les trois pilliers qui soustiennent ycelles voultes et les arcs doubleaux soustenans le fait de la maçonnerie, où il a vacqué lui IIe et deux varlez par six journées ouvrables, qui valent au dit prix de cinq solz parisis par jour LX sols, et pour leurs deux aides par les dix six jours XXVIII sols.

A lui, pour avoir jointoyé par dehors euvre du costé du cimetiere[1] les cinq bées de fourmes estans ou pan de mur où est la dicte fourme Saint-Jehan où il a vacqué lui et son varlet par deux jours ; pour ce XIIII s. VIII d.

A lui, pour avoir assiz, desassiz et rassiz l'autel de pierre de taille de la dicte chapelle, un marchepié devant et les timbes qui soustiennent icelui, et arrachié les parpains des murs de la dicte eglise par dessus pour y mettre autres pierres afin de faire voye entre l'autel et le siege, fait un petit pan de mur derriere le dit autel qui soustient la charpenterie du revers d'icelle chapelle, fait un petit mur à l'endroit de l'euvre pour faire maniere d'apuye et seellé un coffre, où il a vacqué en ce faisant par troiz jours lui et trois ouvriers maçons et IIII aides, qui valent pour les maçons au dit pris LX sols parisis, et pour les varlés XXVIII sols parisis.

A un tailleur de pierres qui a fait le trou et assiz l'agraffe de fer pour clorre la fenestre qui est soubz le dit autel de la dicte chapelle, II s. parisis.

A lui, pour avoir estouppé, en la sepmaine finie le IXe jour d'aoust ensuivant, la grant porte des Barrez où il souloit avoir une harse, et avoir estouppé deux huisseries qui estoient sur les murs de la ville de Paris en alant à la grosse tour des Barrez, par l'ordonnance du dit monseigneur le duc, où il a vacqué par quatre jours lui et son varlet au dit pris... pour avoir fait apporter, de l'ostel maitre Jehan de Liege près la croix du Tirouer, aus Celestins une grant pierre faicte par maniere de soubasse pour y mettre et asseoir au dit lieu au dessus du portail du chapitre d'iceulx Celestins une ymage d'alebastre de la presentacion Nostre-Dame eschaffaudé ylecques . . . .

1. Ce qui prouve que la chapelle Saint-Jean-Baptiste était sur le flanc méridional de l'église; on se rappelle qu'une porte faisait communiquer l'église au cimetière et par suite à l'hôtel Saint-Pol (V. la relation du baptême de Charles VI).

A un tailleur de pierres qui vacqua à faire les trous et asseoir la dicte soubasse II jours au pris de V sols, valent X sols.

A lui pour faire oster et deffaire la dicte soubasse et remuer de lieu en autre et plus basse qu'elle n'estoit, par l'ordonnance de mon dit seigneur le duc, où il vacqua lui, un tailleur de pierres et un aide, par un jour au dit pris. . . . .

A lui pour II maçons et leurs aides qui ont vacqué chacun par deux jours chacun, à hachier et renduire les murs des cloisons de la lucanne de devant le dit chappitre et y avoir fiché un millier de cloz pour faire tenir le plastre au dit pris, valent XXIX sols IIII deniers.

A Huguelin de la Forest, tailleur de pierres, pour avoir remagnié et aougnié au cisel la creste de pierre de taille qui estoit à l'uis de l'entrée de la viz de la dicte chapelle des Celestins à Paris, pour y asseoir les chaises plus aisiement, où il a vacqué par deux jours...

Au dit Simon, pour avoir seellé de plastre tout au pourtour les chaises de la chapelle de mon dit seigneur avec la marche de pierre qui est à l'entrée d'icelle et faire le plus nettement qu'il se povoit faire, arrachié pluseurs crampons qui tenoient aus pierres, où ilz ont vacqué par III jours lui et un varlet...

A lui, pour un muy et demy de plastre cuit tant seulement, que le dit maçon a livré pour les dictes besongnes, pour ce que tout le surplus a esté prins en l'ostel de mon dict seigneur, au fuer de XXIIII s. p. le muy...

Pour ce, par certiffication de maistre Bernard Cannetel donné le IIIe jour de decembre l'an mil CCC IIII^{XX} XIX, et quittance du dit Simon, donnée le VIIe d'avril le dit an, tout cy rendu, XXVII livres, XVII sols, VIII deniers parisis, valent XXXIIII l. XVII s. I denier tournois.

A Jehannin le Briois, paintre, pour avoir fait de son mestier en l'eglise de Saint-Pol à Paris en la chapelle que mon dit seigneur le duc y a fait de nouvel edifficr, les besoingnes et ouvraiges qui s'ensuivent ; c'est assavoir lavé et blanchy de chaux tout le plat des voltes d'icelle chapelle et mis dessuz une couleur samblable à pierre de taille et dessus icelle quarrelée de blanc en monstrant les joings de la pierre, fait tous les bousseaulx d'icelle chapelle tous tant pour les orgives et clefz comme les bousseaulx des ais et aussi ceulx des fourmes du pignon dessus le petit portail, emprincz à huile bien et souffisamment pour housser d'estain doré et blanc et les trois clefs d'icelles voltes dorées de fin or coulouré, et les bousseaux des orgives qui tiennent aus dictes clefs pareillement dorées de fin or chacun un pié pour monstrer les clefz plus riches et plus notables, faict toutes les natteles et filez d'entour les bousseaulx et notées de bonne couleur, les unes d'azur et les autres d'autres couleurs ainsi comme il appartient, et le plat des orgives qui respont aus voltes faites de bon noir et diappré dessus de diverses couleurs pour donner plaisance, emprincz les groz pilliers rons bien et souffisanment et les chappiteaulx ; les feulles d'estain doré et de blanc où il appartient, et le dessoubz des pilliers jusques aux soubzbasses pains de diverses couleurs et semées d'escusçons d'armoirie de fin or, sanz eslever ; et y en a eu xxxvi pour les iiii, c'est assavoir d'estain doré et d'azur d'Alemaingne, tant devers la dicte chapelle comme par devers la nef de l'eglise, et aussi pardessus iceulx piliers le plat des ars par devers la nef quarrellez et blanchiz par la manière dessus dicte, et en chascune espasse un escu des armes du Roy et l'autre de monseigneur d'Orliens, et de tel grant comme il appartient, c'est assavoir armoyé à trois fleurs de lis de fin or et le champ de bon azur d'Alemaigne, et de tel grant comme il esconvenoit. — *Item*, les pilliers qui descendent sur les chappiteaulx des groz pilliers dessus diz, sont ceulz du milieu houssez d'estain doré et les deux des costez d'estaing blanc jusques aus bousseaulx au dessoubz des alées, et le dit bousseau houssé d'estain doré et blanc ainsi que depuis fu advisé. — *Item*, fait en chacune volte de la dite chapelle quatre escussons de tel grandeur qu'il appartient, d'un pié en chief ou environ et uni en la croisie, et les fleurs d'iceuls escuz eslevés et dorez de fin or et d'asur. — *Item*, emprimez par deux foiz les murs d'icelle chapelle du costé des voirrieres depuis le siege jusqu'à l'emchappement, et dessus assiz une couleur vermeille et diapprée par maniere de drap de soye, blanchy et quarrellé par la manière dessus dicte le plat des ars montans jusques aus voltes et toute la muraille de la guarite et d'environ le portail, et les chanffrains plas d'entour les voirrieres muchez d'une couleur et diapprée à patron et rapportant à une petite estincelle d'estain doré ; pour ce par marchié fait avec lui, et aussi d'avoir semé le mur de derrier l'autel, et icellui devers les fons des lettres d'or, par certiffication de Colart de Laon paintre et varlet de chambre du roy et de monseigneur, et quittance de la vefve du dit Jehannin le Briois, tout cy rendu xlviii livres xvi sols parisis, valent lxi livres tournois.

A Huguelin de la Forest, Raoulet Dugué et autres cy après nommez, pour avoir fait et livré les besoingnes et ouvraiges qui s'ensuivent.

C'est assavoir au dit Huguelin, pour avoir fait la taille de trois tumbes de pierre prisiée des marregliers de Saint-Pol pour faire l'autel de la dicte chapelle, et yceulx assises par marchié à lui fait, vi livres parisis.

Au dit Raoulet, pour un coffre de chesne de cinq piedz de longe, de deux piedz de lé, par lui livrez pour mettre les aournemens d'icelle chappelle avecques une fenestre de verre d'Illande assiz en une bée qui est au bout du dit autel, et pour un ais mis ou l'en queust l'euvre, par tauxation à lui faicte vi livres parisis.

Aux marregliers de la dicte esglise, pour les dictes trois tumbes achetées d'eulx, x livres parisis.

A Gillequin Preudeul, serrurier, pour dix barres de fer, loquetées chascune de VIII loquès mis par voie, XX montans mis l'un sur l'autre parmi mortaises de fer qui sont faite es traversains, garniz yceulx montans les aucuns de VI loquès par voye et les autres de V, mis et assis en la fourme de verre à deux jours de la dicte chappelle de Saint-Pol; fait XX verges de fer à barre du travers de la dicte voirriere, dont V d'icelles sont coutées et ploiées pour estre hors des visaiges des ymages d'icelle voirriere, pesans tout enssamble IIIc V livres de fer ouvré, au pris de XVIII deniers tournois la livre par tauxation à lui faite, montant XVIII livres parisis.

A lui, pour avoir ferré le coffre où sont les diz aournemens de cinq fortes tournasses et cinq platines de fer, une forte serreure emcramponnée garnies de deux clefs forrées et de deux fortes attaches de fer scellées en mur pour tenir le dit coffre, XXV sols, VII deniers parisis.

A lui, pour avoir alongié la verge à custode d'emprès l'autel de pié et de IIII de long, et y fait un coute et l'avoir restaurée, III sols, II deniers parisis; pour avair ferré le guichet de l'aumoire de dessoubz le dit autel de deux bandes à fiche et d'une serreure à bosse enverrouillie et encramponnée, garnie de deux clefs, IX sols VII deniers, et pour un chandelier portant trois rosettes par voie de deux piez de long pour mettre trois cierges assiz au dessuz de l'autel d'icelle chapelle, XIX s. II deniers parisis; pour tout, aus dessus diz par certiffication de maistre Bernart Cannetel, charpentier de mon dit seigneur, avec trois quittances rendues cy, XLII livres, XVII s. VIII deniers, valent LIII l. XII s. I d. t.

A Jehan du Liége, charpentier, pour avoir fait de son dit mestier de charpenterie les ouvraiges qui s'ensuivent; c'est assavoir un revers sur l'autel de monseigneur Saint Jehan où l'on baptise les enfans, et le moien d'icellui revers taillié aus armes du Roy et par dessoubz revestu de maçonnerie de taille, et au dessus d'icelle l'escu du Roy couronné d'une couronne de taille, et au dessuz d'icelle couronne lambroissié, et sur le lambrouys semé de KK et de RR, lesquelx KK sont couronnez et tailliez de maçonnerie et sont rencontrez de rouge cler et vert cler, et par derriere du dit escu est taillié comme devant, et est à deux parement et d'un costé et d'autre sont les armes de mon dit seigneur d'Orliens tailliées aussi à deux paremens, et est le lambrouis semé de LL tailliez de maçonnerie et autant par derrieres, et est le dit revers garniz tout autour, et sont les angles revestuz d'imaiges, et y a VI ymaiges pour tout, et le pié droit du dit revers est revestu de pillers de maçonnerie tout contremont, et a le dit Jehan du Liege tout ce fait à ses despens excepté le rouge cler et vert; pour ce, par certiffication de maistre Bernard Cannetel donnée le VIIIe jour de decembre l'an mil IIIIc et un et quittance du dit Jehan rendue cy, pour ce XXXII livres parisis, valent XL livres tournois.

A Pierre David, voirrier, demourant à Paris, pour avoir fait de son mestier et livré pour la chapelle du dit seigneur à Saint-Pol une fourme de voirre à deux jours, de douze piés et demi de hault et huit piez de lé, à un mesniau de pierre parmi, à IIII demi compas au dessus, et icelle ouvrée à ymages et tabernacle, et rendue assise en la dicte esglise; pour ce, par marchié à lui fait comme par certiffication de maistre Hugues de Guingant, conseillier du dit seigneur donnée le XXVe de mars mil CCCCI peut apparoir, pour ce par la dicte certifficacion et quittance tout cy rendu LIIII livres parisis, valent LXVII livres X sous tournois.

A Simonnet de la Fosse, archaleur, demourant à Paris, pour avoir archalé une fourme de voirriere que mon dit seigneur le duc a faict faire en une chappelle qu'il a de nouvel ordonnée en l'eglise de Saint-Pol à Paris, afin d'obvier aus pierres et autres choses que on pourroit jeter contre à livrer fil d'archal et paine d'ouvrier... XII l. XVI s. p. valent XVI l. t.

A Michiel Tartarin, marchant, demourant à Paris, pour deux XII^nes de peaulx taintes, c'est assavoir une douzaine en rouge cler, au pris de IIII s. p. la pel, et l'autre douzaine en vert gay au pris de II s. p., chascune pel pour mettre et emploier ou revers qui est sur l'autel de la chapelle que mon dit seigneur a fait faire en l'esglise de Saint-Pol à Paris, pour mieulx faire parer les lettres entailliées en ycellui... pour ce LXXII s. p. valent IIII l. X s. t.

X.

6 juillet 1403.

Le roi accorde aux Célestins une concession d'eau à prendre aux fontaines de l'hôtel Saint-Pol en plaçant la clef du regard aussi près de terre que possible.

Charles, par la grace de Dieu roy de France à noz amez et feaulx les gens de noz comptes et tresoriers à Paris, salut et dileccion. Comme pour la grant et singulière amour et devocion que nous avons eue et avons envers noz bien amez les prieur et couvent des religieux Celestins de Nostre-Dame de Paris, et à leur esglise, dont fut fondeur nostre tres chier seigneur et pere, cui Dieux pardoint, et mesmement à la faveur et contemplacion de nostre tres chier et tres amé frere, le duc d'Orleans, qui de ce nous a tres instamment supplié et requis, leur ayons ottroyé que, pour l'usaige, aisence et prouffit de eulx et de leur hostel, ilz ayent, preignent et puissent avoir, prendre et faire venir en leur dit hostel, à leurs propres despens, par bons et convenables tuyaux et conduiz, le groz de la teste d'une espingle moyenne de l'eaue de la fontaine des jardins de nostre hostel de Saint-Pol, ainsi que par noz lettres sur ce faictes en las de soye et cire vert ces choses et autres peuvent plus à plain apparoir, et pour ce que en icelles noz lettres n'estoit et n'est pas à plain declairé la maniere comment se devoit prendre la dicte eaue, nous par noz autres lettres patentes à vous adreçans, narrans ce que dit est, eussions voulu et ordené et aus diz religieux ottroyé de grace especial à ce que mieulx et plus aisiement ilz peussent avoir de la dicte eaue en tous temps, par especial ou temps d'esté que les eaues sont petites, fiebles et basses pour la secheresse des terres, que la clef de la dicte eaue qui est faicte pour eulx feust et soit mise et assise par nostre plommier ou fontenier ou tuyau de la dicte fontaine, tout au plus bas emprès terre, en vous mandant par noz dictes lettres que, de ce faire bien et deuement en la maniere dessus dicte, baillessiez ou fassiez baillier au dit plommier ou fontenier et autres à qui il appartiendroit voz lettres de mandement ou descharge, en faisant les diz religieux joïr et user paisiblement de nostre pieté grace et ottroy, lesquelles noz lettres à vous presentées avez attroyé voz lettres atachées à icelles, par lesquelles vous consentez que la clef de l'eaue donée aus diz religieux pour les causes et en la maniere contenue en noz dictes lettres feust et soit remise et assise à deux piés pres de terre et y demourast jusques à nostre voulenté, savoir faisons que nous, ces choses considerées, voulans nostre dit ottroy fait aus diz religieux avoir et sortir son plain effect, avons voulu et ordené, voulons et ordonnons de grace especial par ces presentes afin que les diz religieux puissent avoir de l'eaue en tout temps par especial en esté... que la clef de la dicte eaue, qui est faicte pour les diz religieux ou regart par eulx paié, soit mise, souldée et assise ou tuyau de la dicte fontaine tout au plus bas auprès terre, ainsi que est celle du Lyon. Si vous mandons. . . . .

Donné à Paris le VIe jour de juillet l'an de grace mil quatre cens et trois et de nostre règne le XXIIIe.

Par le Roy, en son conseil monseigneur le duc d'Orleans, le connestable, messire Jacques de Bourbon, le grand maistre d'ostel et autres presens.

FERRON.

(Arch. nat. S 3743, n° 40.)

XI.

6 juillet 1403.

Mandement du duc d'Orléans au plombier du roi, de faire le travail indiqué dans l'acte précédent.

De par le duc d'Orliens, conte de Valois, de Blois et de Beaumont, et seigneur de Coucy.

Jehan Boursin, plommier et fontenier de monseigneur le Roy, savoir vous faisons que, le VIe jour de juillet l'an mil quatre cens et trois, en nostre presence de beaux cousins le connestable, messire Jaques de Bourbon, le grant maistre d'ostel et plusieurs autres, monseigneur le Roy, pour la tres grant et singuliere amour et devocion qu'il a tousjours eu et a à noz bien amez les religieux Celestins de Nostre-Dame de Paris et à leur eglise, dont feu nostre tres chier seigneur et pere et le sien, qui Dieu pardoint, fust fondeur, attendu que n'agaires il leur avoit ottroyé que, pour l'usaige, aysance et prouffit d'eulx et de leur hostel ils ayent et puissent prendre et faire venir en leur hostel, à leurs propres couz et despens, par bons et convenables tuyauz et conduiz le groz de la teste d'une espingle moyenne de l'eaue de la fontaine des jardins de son hostel de Saint-Pol, ainsi que par ses lettres faites en laz de soye et cire vert ces choses et autres pevent plus à plain apparoir, et il soit ainsi que es dictes lettres n'est point à plain declaré la manière comment se doit prendre la dicte eaue, pour consideracion desquelles choses le dit monseigneur le Roy ottroya ses lettres aus diz religieux, par lesquelles il a voulu et veult affin que yceulx religieulx puissent avoir de l'eaue en tout temps, par especial en esté que les eaues sont foibles et basses, et vous mande et enjoing expressement par ycelles que la clef de la dite eaue qui a esté faicte pour eulx ou regart par eulx payé, vous mettez, souldez et asseyez ou tuyau de la dicte fontaine tout au plus bas emprès terre, ainsy que est celle du Lyon, si comme il appert par les lettres de mon dit seigneur le Roy. Sy vous prions et enjoignons le plus expressement que faire povons que les dictes lettres de mon dit seigneur vous accomplissez et enterinez de point en point selon leur fourme et teneur. Donné à Paris, l'an et jour dessus diz

Par monseigneur le duc,

C. Heron.

(Arch. nat. S 3743, n° 44.)

XII.

13 octobre 1403.

Mandement des gens des comptes au plombier du roi, d'établir la clef du regard des Célestins à un pied au-dessus du sol.

Les gens des comptes et tresoriers du Roy nostre sire à Paris, à Jehan Boursier, plommier et fontenier du Roy nostre sire, salut. Nous, par vertu de deux paires de lettres royaulx cy attachée soubz l'un de noz signés, les unes seellées en queue pendant soubz le grant seel et les autres du seel secret du dit seigneur plaquié en marge, et eue sur ce deliberacion et adviz avec le grant maistre d'ostel d'icelui seigneur, au jour d'uy present en la chambre des comptes, et oye vostre relacion sur le contenu es dictes lettres, vous mandons que la clef de l'eaue dont mencion est faicte es dictes lettres, qui a esté faicte pour les religieux Celestins de Paris ou regart par eulx paié, vous mettez, souldez et asseez à un pié près de terre en la avalant d'un pié plus bas que elle n'est à present, afin que les diz religieux puissent avoir eaue en leur hostel en toutes saisons, en la maniere que le Roy nostre dit seigneur le mande, pourveu que en ce ne soit fait prejudice à l'eaue du Roy, et que, se aucun detriment ou empeschement y survenoit par ceste cause, vous puissiez rehausser la dicte clef et la mettre en l'estat que elle est à présent, se besoing est, toutes et quantes fois qu'il plaira au Roy nostre dit seigneur. Donné à Paris le XIIIe jour d'octobre l'an mil quatre cens et trois.

G. MILERAC.

(Arch. nat. S 3743, n° 39 bis.)

XIII.

15 mars 1403 (n. s.).

Autorisation par la Chambre des comptes pour le placement de la clef de l'eau accordée aux Célestins à deux pieds au-dessus du sol.

Nous, les gens des comptes et tresoriers du Roy nostre sire à Paris, par vertu des lettres royaulx auxquelles ces presentes sont attachées soubz l'un de noz signez, consentons que la clef de l'eaue donnée aux religieux Celestins de Paris, à prendre en la fontaine des jardins du Roy nostre dit seigneur en son hostel de Saint-Pol, pour la cause et en la maniere contenue es dictes lettres, soit remise et assise à deux piés pres de terre, et y demeure jusques à la volunté du Roy nostre dit seigneur. Donné à Paris, le XVe jour de mars l'an mil CCCC et deux.

G. MILERAC.

(Arch. nat. S. 3743, n° 44 bis.)

XIV.

26 décembre 1405.

Jehan de Montaigu, maître d'hôtel du roi, et Jacqueline sa femme, donnent au duc d'Orléans, frère du roi, l'hôtel qu'ils tenaient du roi, situé à Paris, dans la grande rue Saint-Antoine, près du chastel de la porte Saint-Antoine.

A tous ceuls qui ces presentes lettres verront, Guillaume, seigneur de Tignonville, chevalier, conseiller et chambellan du Roy nostre sire, garde de la prevosté de Paris, salut. Savoir faisons que, par devant Jehan Manessier et Jehan Closier, clers notaires du Roy nostre dit seigneur, de par luy establiz ou Chastellet à Paris, furent presens en leurs personnes noble homme monseigneur Jehan, seigneur de Montaigu, vidame de Laonnoiz, chevalier, conseiller et souverain maistre

d'ostel du Roy nostre dit seigneur, et noble dame madame Jaqueline de la Granche, sa femme, de lui souffisant auctorisée quant à faire, passer et accorder d'elle avecques son dit mary ce qui cy après s'ensuit est; affermerent en bonne verité, en la presence [des] dix notaires que, par don à eulx fait par le Roy nostre dit seigneur, ilz avoient et tenoient à tiltre de vyage, une maison appellee la Conciergerie du Chastel de la porte Saint-Antoyne, à Paris, avecques les jardins, rentes, cens, revenues, vignes, terres, possessions et autres choses appartenans et appendans à ycelle maison et conciergerie, assise à Paris en la grant rue Saint-Antoyne pres du Chastel de la porte Saint-Antoyne, tenant d'une part ycelle maison et les diz jardins à Gautier le Blont, et d'autre part à Guillaume de Hervielle dit Tétine, escuier, aboutissant par derrieres aus jardins des Celestins à Paris, et par devant à la dicte grant rue Saint-Antoine, avecques pluseurs ediffices et jardinages et reparacions que le Roy nostre dit seigneur a fait faire en ycellui hostel et appartenances... laquelle maison, court, jardin, cens, rentes, revenues, vignes, terres, heritaiges et possessions dessus diz, à eulz donnez comme dit est, et tout le droit que les diz monseigneur le vidame et madame sa femme y ont et pevent avoir. Yceulx monseigneur le vidame et madame Jaqueline sa femme de leurs bons grez... congnurent et confesserent par devant les dix notaires, comme en jugement par devant nous, avoir donné, cédé, quittié, transporté et delaissé... à tres hault et puissant prince monseigneur Loys, filz de roy de France, duc d'Orleans, comte de Valoiz, de Bloys et de Beaumont, et seigneur de Coucy, pour en joïr et en faire les prouffis siens... ce don fait pour la bonne et vraye amour que ilz ont au dit monseigneur le duc d'Orleans . . . .
. . . .

En tesmoing de ce, nous, à la relation des diz notaires, avons mis à ces lettres le seel de la prevosté de Paris, l'an de grace mil quatre cens et cinq, le samedi xxvie jour de decembre.

(Sceau de la prévôté sur double queue.)

(Arch. nat. Q[1] 1271.)

XV.

5 janvier 1406 (n. s.).

Le roi donne au duc d'Orléans, son frère, l'hôtel qu'il avait baillé autrefois à Jehan de Montaigu, grand maître de l'hôtel du roi.

Charles, par la grace de Dieu roy de France, savoir faisons à tous presens et avenir que, comme nous ayons acquiz et acheté, depuis certain temps en ça, de Phelippote, vefve de feu Bertault de Landes, en son vivant general maistre de noz monnoyes, une maison avecques la court, jardin, cens, rentes, revenus, vignes, terres, heritages, possessions et autres appartenances, seant icelle maison à Paris, en la rue Saint-Anthoine, pres de nostre chastel de la porte Saint-Anthoine, tenant d'une part icelle maison avecques les diz jardins à Gaultier le Blont, et d'autre part à Guillaume de Herville, dit Tetine, escuier, aboutissant par derriere aux jardins des Celestins, et par devant à la dicte grant rue, et en icelle maison ayons fait faire certains edifices et reparacions, ouvraiges et jardinages à nostre plaisance, et depuis, eussions et ayons la dicte maison et toutes ses dictes appartenances et appendances donnez et ottroyez à nostre amé et feal chevalier, conseiller et grant maistre de nostre hostel, Jehan seigneur de Montagu, vidasme de Laonnoiš, à la vie de lui et de sa femme et du survivant; nous, par consideration des tres grans, notables, agreables et proufitables services et plaisirs que nous a tousjours fais nostre tres cher et tres amé frere le duc d'Orleans, fait chacun jour encorez incessamment, et esperons que face ou temps avenir, et afin qu'il soit plus près de nous, pour plus diligemment vaquer en nostre service, et pour certaines autres causes et consideracions ad ce nous mouvans, à icellui nostre frere de nostre propre mouvement, certaine science, auttorité royal et grace especial, et aussi de l'accord et consentement du dit grant maistre de nostre hostel, avons donné, cedé, transporté et delaissé, donnons, cedons, transportons et delaissons par la teneur de ces presentes pour lui, ses hoirs et ayans cause, à tousjours mais perpetuelment, la dicte maison avecques ses dictes appartenances et appendances en quelque valeur que ilz soient à present ou deviennent ou temps avenir. Sy donnons en mandement à noz amez et feaulx gens de noz comptes et tresoriers à Paris . . . . .

Donné à Paris, le cinquiesme jour du mois de janvier, l'an de grace mil quatre cens et cinq et de nostre regne le vint sixiesme.

Ainsi signées : Par le Roy en son conseil où le roy de Navarre, le grant maistre d'ostel et autres estoient.

P. Fearii.

Et en la marge et sur le reply estoit escript : Registrata in camera compotorum Parisius, libro cartarum hujus temporis f° VII^xx XVII, et ibidem expedita die ultima marcii, millesimo cccc° quinto, ante Pasca.

Martel.

(Arch. nat. Q[1], 1271.)

XVI.

5 octobre 1418.

Charles VI unit à l'hôtel Saint-Pol la maison de feu Jehan de Roussay, sise rue Saint-Pol, pour y loger deux grands maîtres de l'hôtel.

Charles, par la grace de Dieu roy de France, savoir faisons à tous presens et avenir que nous, considerans les faultes et abusions qui, le temps passé, ont esté et encores sont souventes foiz faictes et commises ou fait et gouvernement de nostre hostel, pour ce que noz amez et feaulx conseillers les maistres de nostre dit hostel, par faulte de logeis, ont esté comme encores sont logiez assez loings du lieu où nous avons tenu et tenons nostre dit hostel, et mesmement de cest nostre hostel lez Saint-Pol à Paris où sommes de present, et que en l'ostel que a longuement tenu feu Jehan de Roussay, chevalier, et sa femme, situé à Paris en la rue de Sainct-Pol, joignant d'une part à l'ostel de feu le seigneur d'Osmont, et, d'autre part à l'ostel qui fu à feu le seigneur de Boissay, aboutissant par derrière à nostre dit hostel de Saint-Pol, et lequel hostel fu anciennement et doit estre de nostre demaine et des appartenances d'icellui nostre hostel pour les causes dictes, auquel deux des maistres de nostre dit hostel pourroient aisyement estre logiez et par consequent pourveoir aus dites faultes et abusions, et remedier aux grans charges et afaires qui chascun jour y seurviennent, et autres causes et considerations à ce nous mouvans, par l'advis et deliberation de nostre tres cher et tres amé cousin le duc de Bourgogne, et autres de nostre grant conseil, le dit hostel ainsi qu'il se comporte, avec les louages à ycellui appartenans et appendens, afin que aucuns des maistres de nostre dit hostel soient et puissent estre logiez plus près de nous, avons uny, adjoinct et annexé, unissons, adjoingnons et annexons à nostre dit hostel lez Saint-Pol, et icellui avons ordonné et ordonnons pour le logeiz d'aucuns des maistres de nostre dit hostel, sans ce que d'ores en avant le dit hostel puist ne doye estre vendu, transporté, baillié à ferme, cens, rente ou redevance ne autrement aliené en aucune maniere, non obstant quelconques dons autresfoiz par nous sur ce faiz, par inadvertissement de ce que dit est au dit de Roussay, ou autre personne quelzconques, et en oultre en declairant plus amplement sur ce nostre voulenté et entention, et pour consideration des bons, grans, notables, prouffitables et agreables services que noz amez et feaulx conseilliers Pierre de Fontenay, chevalier, seigneur de Rance, premier maistre de nostre dit hostel, et Jehan, seigneur du Mesnil, chevalier, aussi maistre d'icellui nostre hostel nous ont fait le temps passé en leurs diz offices, et autrement en maintes manieres font chascun jour, et esperons que facent en temps avenir, et afin qu'ilz soient logiez plus près de nostre dit hostel lez Sainct-Pol, et par ce moyen puissent plus promptement et diligemment pourveoir aux choses dessus declairées, et autres causes et considerations à ce nous mouvans, aus diz de Fontenay et du Mesnil, et au seurvivant d'eulx deux, tant et si longuement que ilz nous serviront es diz offices, avons donné et ottroyé, donnons de noz certaines science et plaine puissance, la demourance, logeiz et habitation du dit hostel et maison et de ses dictes appartenances, et après leur decès aux autres deux premiers maistres de nostre dit hostel, sans ce que autre de quelque estat ou condition qu'il soit les en puisse debouter ne autrement leur y faire ou donner destourbier ne empeschement en aucune maniere.

Si donnons en mandement, par ces presentes, à noz amez et feaulx gens de noz comptes, les maistres de nostre dit hostel et commissaires par nous ordonnez au gouvernement de toutes noz finances, tant en Langue-d'oyl comme en Langue-d'oc, au prevost de Paris, aux maistre et contreroleur de nostre chambre aux deniers, et à touz noz autres justiciers et officiers, presens et avenir, ou à leurs lieutenents et à chacun d'eulx si comme à lui appartendra, que nostre presente voulenté, ordonnance, revocation et declaration ilz publient et enregistrent ou facent publier et enregistrer partout où mestier sera, la tiengnent, observent et gardent, et facent tenir, garder et observer partout où il appartendra, et noz diz conseilliers et maistres de nostre dit hostel dessus nommez telz que diz sont, facent, seuffrent et laissent joïr et user pleinement et paisiblement, en les mettant reaulment et de fait, ou leurs procureurs ou procureur pour eulx, en possession et saisine du dit hostel, louages. appartenances et appendances, sans les empeschier ne souffrir estre empeschiez, ores ne ou temps avenir, en aucune manière au contraire.

Et, afin que ce soit ferme chose et estable à tousjours, nous avons fait mettre à ces presentes notre seel, en laz de soye et cire vert, sauf en autres choses nostre droit et l'autruy en toutes. Fait et donné à Paris en nostre dit hostel lez Saint-Pol, le xe jour d'octobre, l'an de grace mil cccc et dix huit et de nostre règne le xxxix.

(*Sur le repli*) : Par le Roy, en son conseil, ouquel monseigneur le duc de Bourgogne, le comte de Saint-Pol, vous, le sieur de Novailles, le grand maistre d'ostel et plusieurs autres estoient,

BORDES.

(Arch. nat. J 154, n° 10.)

XVII.

11 octobre 1418.

Enregistrement par la Chambre des comptes de l'acte précédent.

Nous, les gens des comptes et les commissaires generaulx, etc., veues par nous les lettres du Roy nostre sire, en las de soye et cire vert, au transcript desquelles, collationné à l'original qui est demouré en la chambre des diz comptes ces presentes sont attachées soubz l'un de noz signez, par lesqueles, et pour les causes et considerations contenues et declarées en icelles, le Roy nostre dit seigneur a uny, adjoint et annexé à son hostel lez Saint-Pol à Paris, l'ostel que a longuement tenu feu messire Jehan de Roussay, chevalier, et sa femme, situé et assiz à Paris en la rue de Saint-Pol, joignant d'une part à l'ostel de feu monseigneur d'Osmont, et d'autre part à l'ostel qui fu feu le seigneur de Boissay, aboutissant par derriere au dit hostel du dit seigneur lez Saint-Pol, et lequel hostel fu anciennement et doit estre du domaine du dit seigneur et des appartenances du dit hostel lez Saint-Pol, et icelui hostel ordonné pour les logeiz de deux des maistres de son dit hostel sans ce que d'ores en avant il soit ou puist estre vendu, transporté, baillié, affermé [à] cenz, rente ou redevance ne autrement aliéné en aucune manière, en declairant oultre que pour les grans, notables, prouffitables et agreables services que messire Pierre de Fontenay, chevalier, sire de Rance, premier maistre de son hostel et messire Jehan, seigneur du Mesnil, chevalier, aussi maistre d'icelui hostel, lui ont fait ou temps passé, en leurs diz offices et autrement, et pour consideration du contenu es dictes lettres [que] icelui seigneur leur a ottroyé et au survivant d'eulx deux, tant et si longuement qu'ilz le serviront es dits offices, que ils aient leur demouranee, logeiz et habitacion ou dit hostel, ou maison et appartenances et appendances d'icelui, et après leur decez, les deux premiers maistres de son dit hostel sanz ce que aucun autre se y puisse loger ne y meitte ou donne aucun empeschement : nous, ce que dit est considéré, et pour certaines autres causes et considerations à ce nous mouvans, nous consentons, en tant que à nous est, à l'enterinement et accomplissement des dictes lettres, et que du dit hostel et maison les dits maistres d'ostel joyssent, et aient leur logeiz et demourance et habitacion, en la forme et maniere que l'a eue et avoit en son vivant le dit feu messire Jehan de Roussay et sa femme, avec le logis que appliqua à son hostel le dit feu monseigneur de Boissay, sanz ce que en ce leur soit miz ou donné aucun empeschement au contraire, pour les causes et en la maniere que le Roy nostre dit seigneur le mande par ses dites lettres. Donné à Paris le xie jour d'octobre, l'an mil cccc et xviii.

(Arch. nat. J 154, n° 10 bis.)

XVIII.

Compte des obsèques de Charles VI.

Aux religieux des quatre ordres, Cordeliers, Carmes, Jacobins et Augustins, pour avoir chanté en l'hostel du dit feu seigneur lez Saint-Pol à Paris, sur le corps d'iceluy feu seigneur tant comme il a demouré ou dit hostel de Sainct-Pol...

A Me Regnaut de Fontaines, nagaires confesseur du dit feu seigneur, pour avoir fait dire et celebrer plusieurs messes tant que son corps a esté es dit hostel ou chapelle de Saint-Pol, depuis le jour de son trespas jusqu'au jour que les quatre ordres mendians de Paris le commencèrent à faire[1], quarante psautiers dis à Nostre-Dame.

1. « Et là, par ses serviteurs fut mis en ung sarcus de plomb et porté moult

Soixante livres payées aux marguilliers de Nostre-Dame pour la sonnerie faicte durant le service du dit feu seigneur.

A Jehan Gallot, crieur de corps demourant à Paris, et vingt trois autres crieurs ses compagnons, pour leur peine et salere d'avoir crié à leurs sonnettes par les carrefours et lieux de Paris le corps du dit feu seigneur, et fait à sçavoir le service et obseque d'iceluy et convoyé le dit corps à leurs sonnettes sonnans de l'hostel Saint-Pol à Nostre-Dame et d'illec jusqu'au lieu de Saint-Denis.

A Girardin Laurens, crieur de corps de la ville de Paris, pour le louage de trente six sarges qu'il a livrées et tendues en l'hostel de Saint-Pol à Paris pour le deuil du dit feu seigneur, tant que le corps y a esté depuis le 23e jour d'octobre 1422 jusqu'au xe jour de novembre ensuivant... xxx livres.

A Me Sanson Hubon, maistre charpentier, pour avoir faict deux chapelles de bois, l'une pour l'esglise de Paris et l'autre pour l'esglise de Saint-Denis, toutes pareilles, c'est à savoir chacune chapelle de 14 piedz de long et 8 piedz de large, en chacune desquelles a quatre pignons...

A Mahiet Boucher, charron, pour avoir faict une littiere de bois de 34 piedz de long en lymons et en tout, pour mettre et porter le corps du dit feu seigneur de l'hostel de Saint-Pol jusques à Nostre-Dame de Paris, et de là jusqu'à Saint-Denis[1].

A Guillaume Bellepuque, maçon, pour avoir rompu une grant pierre saillant au coin de la Juifrie et le crochet où pendoit la chayenne[2], pour cause que la dicte littiere en laquelle on portoit le corps du dit feu seigneur à Nostre-Dame de Paris n'eust peu passer par le bout de la dicte Juifrie; et après, avoir remis la dicte pierre... x sols.

Despense pour le luminaire delivré pour le dit obseque :

A Jacquet de Roye et Pierre Mulan, espiciers, pour avoir livré ce qui s'ensuit : pour 298 livres de cire neuve à ouvrer qu'ilz ont bailliée aux fruictiers de l'hostel du dit feu seigneur, qui icelle cire ont ouvrée et employée en certain luminaire qui est ars et despensé en l'hostel de Saint-Pol depuis le trespassement du dit feu seigneur, qui fu le

---

reveremment par chevaliers et escuiers en la chapelle de son dit hostel, en laquelle il fut vingt jours entiers jusques à ce que le duc de Bethford regent, fut retourné dedens Paris. Et durant les vingt jours dessus diz furent chantées et celebrées messes en icelle chapelle... » (Monstrelet, édition de M. Douët d'Arcq, t. IV, p. 120.)

1. « Et estoit le corps sur une littière moult noblement, par dessus lequel estoit ung paile de drap d'or à ung champ vermeil bordé d'azur semé de fleurs de lis d'or. Et par dessus le corps avoit une pourtraicture faicte à la semblance du roy portant couronne d'or et de pierres précieuses moult riches... » (Monstrelet, ibid., p. 122.)

2. Une des chaînes de la rue de la Juiverie.

mercredi 21 jours d'octobre 1422 jusqu'au lundi 9 jours de novembre ensuivant qu'il fut porté à N.-D. de Paris, où sont vingt jours, tant pour huit cierges qui ont ars jour et nuit en la chambre du dict feu seigneur devant le corps où estoit la vraye croix[1] jusqu'au dimanche ensuivant qu'il fut mis en la chapelle du dit hostel de Saint-Pol, comme en quatre grans cierges de quarante livres qui ont ars jour et nuit et continuellement en la dicte chapelle entour le dit corps et qui ont esté plusieurs fois reffais, renouvellez et continuez le dit temps durant, et aussy en douze autres cierges de vingt quatre livres allumez sur l'autel de la dicte chapelle... 39 livres, 14 sols, 8 deniers parisis.

Pour le service à Nostre-Dame, les 9 et 10 novembre 1422, deux cens torches chacune de six livres de cire pour convoyer le corps du dit seigneur de Saint-Pol en la dicte esglise Nostre-Dame, valant xII^{c} livres.

Pour despens de bouche[2] faict en l'hostel de feu le roy Charles nostre seigneur derrenierement trespassé cui Dieu pardoint, le lundy mardy et mercredy 9, 10 et 11 jour du mois de novembre 1422, qui estoient les derniers jours de la despense de son hostel faits par ses officiers, durant lesquelz trois jours ont esté faicts les obseques et funerailles du dit feu seigneur tant à Paris comme à Saint-Denis, prinses icelles despenses sur les escroes faictes par les six officiers du dit hostel... 1269 livres, 17 sous, 4 deniers.

XIX.

Octobre 1465-mars 1471 (n. s.).

Compte des travaux faits pour fixer la cloche de l'horloge de l'hôtel Saint-Pol, donnée par le roi à la fabrique de Saint-Pol, dans le clocher de l'église.

Maistre Nicolle Chastellain, fondeur de cloches demourant à Paris, confesse et afferme que, en l'an mil cccc soixante cinq ou mois d'octobre, à divers jours, à la requeste des marreguilliers de l'eglise Sainct-Pol à Paris, il aida avec autres ouvriers, tant fondeurs que charpentiers et maçons, à despendre la cloche de l'orloge de l'ostel du Roy à Paris, lors donnée par icellui seigneur à la dicte eglize, et pour ce

1. La chapelle de Saint-Pol possédait en effet un fragment de la vraie croix, comme nous l'apprend un inventaire des biens de Charles VI que nous trouvons dans le même volume des manuscrits de Menant, f° 173 v° : « En la chapelle du dit hostel de Saint-Pol : premièrement une croix d'or en laquelle a une croix du fust de la vraye croix... »

2. « Item, on donna à disner à tous venans, et fut le mercredy qu'il fut enterré... » (*Journal d'un bourgeois de Paris*, édition Michaud et Poujoulat, p. 675.)

faire, fut payé par les diz marregliers pour lui et ses compaignons fondeurs, tant pour leurs salaires que pour les engins par lui livrez, de la somme de trente six solz parisis, et si fut payé par les diz marregliers pour la despense lors faicte à tous ceux qui aiderent à faire la dicte descente vingt et ung sols, quatre deniers parisis. — *Item*, confesse et afferme avoir reçeu, et estre ou dit temps payé des dix marregliers, de la somme de sept livres huit solz parisis, pour avoir fait et fait faire deux paliers de mestal, du poix de soixante cinq livres, et pour ce faire, livré trente sept livres de mestail, et le seurplus livré par iceulx marregliers; sur lesquelz deux paliers est portée la cloche du dit orloge ou clocher de la dicte eglise. — *Item*, certiffie le dit maistre Nicole que, par son ordonnance, il fist lors faire un bastant de fer pour sonner la dicte cloche, du poix de soixante huict livres, qui cousta soixante huict solz parisis, et depuis fait reffaire le dict bastant du poix de soixante dix neuf livres de fer, pour ce qu'il fut trouvé que la dicte cloche porteroit plus gros bastant; et pour ce faire, fut payé par les diz marregliers la somme de trente sept solz parisis. — *Item*, confesse avoir eu et receu lors des diz marregliers la somme de quarante quatre solz parisis pour le salaire de lui et de ses gens d'avoir aidié à monter et asseoir la dicte cloche ou clocher de la dicte eglize, quis engins pour ce faire, et, avec ce, faict ung mosle pour faire une besliere pour sonner la dicte cloche. — *Item*, certiffie avoir lors esté paié par les diz marregliers la somme de soixante six solz parisis à Jehan Grant, serrurier, pour avoir ferré de neuf la dicte cloche, et pour ce faire, ouvré bandes, chevilles, torillons, virolles, verges, estiretz et une besliere. — *Item*, certiffie avoir esté lors payé par iceulx marregliers, pour deux demyes roues pour la dicte cloche trente six solz parisis, et pour ce faire quis le bois; l'une desquelles demyes roues fut rompue par la dicte cloche. — *Item*, confesse avoir lors reçeu des diz marregliers la somme de quatre livres huit solz parisis, pour les salaires de lui et ses gens, pour avoir descendu et rassis les quatre cloches de la dicte eglise autres que la dicte cloche et orloge, lesquelles cheoient, pour icelles refferrer, et fait faire roues tous neufz pour les deux grosses cloches. — *Item*, certiffie avoir esté lors payé par iceulx marregliers au dict Jehan le Grant, serrurier, vint quatre solz parisis, pour ses salaires d'avoir defferré et refferré les dictes quatre cloches; et sy, certiffie que ou temps qu'il besoigna es dictes cloches, il a veu besoigner ou dit clocher par l'espace d'un moys ou environ, quatre charpentiers de la grant congnée et autres ouvriers, et, pour ce faire, veu livrer du merrien et autres matieres à ce necessaires; dont et desquelles sommes dessus dictes ainsi par le dit maistre Nicole, receues des diz marregliers comme dict est, icellui maistre Nicolle s'est tenu et tient pour bien content, paié et agréé, quittant de ce les diz marregliers et tous autres qu'il appartient promettant, etc... Fait et passé, certiffié et affermé par le dit maistre Nicole, le jeudi XIIIe jour de mars, l'an mil cccc soixante dix.

(Arch. nat. S 3472.)

XX.

Janvier 1481-1482.

Louis XI donne l'hôtel Saint-Pol à l'église Saint-Pol[1].

Loys, par la grace de Dieu roy de France, savoir faisons à tous presens et avenir, que, pour la tres grant, singuliere, parfaicte et entiere devocion que nous avons tousjours eue et encores avons au tres glorieux appostre et amy de Dieu monseigneur Saint-Pol, et à son eglise parrochial fondée en l'onneur et reverence de luy à Paris, à ce que les curé et chappellains de la dicte eglise soient plus enclins et curieulx interceder envers Dieu nostre createur, la tres glorieuse vierge Marie sa mere et mondit seigneur Sainct-Pol, pour la prosperité et sancté de nostre personne, de nostre tres cher et tres amé filz Charles, daulphin de Viennois, de noz successeurs Roys de France et de la chose publique de nostre Royaume, et que soyons participans es service divin, biensfaiz, prieres et oraisons qui se font, dient et célèbrent journellement en la dicte eglise parrochial, nous, pour ces causes et considerations et autres à ce nous mouvans, avons pour nous et noz successeurs Roys de France, aus diz curé et chappellains faisans et celebrans ordinairement le dit service divin en la dicte esglise parrochial mondit seigneur Sainct-Pol à Paris, donné, ceddé, aumosné, delaissé et dedié, et par ces presentes de nostre propre mouvement, grace especial, plaine puissance et auctorité Royal, donnons, aumosnons, cedons, delaissons et dedions nostre maison et hostel assis à Paris, près la dicte eglise de Saint-Pol, ainsi qu'il se comporte et extend de toutes pars en long et en large, tant en manoirs, jardins, masures que autres choses quelzconques, vulgairement appellé l'ostel de Sainct-Pol, pour du dit hostel duquel nous nous sommes devestuz et dessaisiz et en avons vestuz et saisiz les diz curé et chappellains pour en joir et user perpetuellement et à tousjours, à quelque valeur et estimacion qu'il se puisse monter, par iceulx curé et chappellains et leurs successeurs, plainement et paisiblement comme de leur propre chose, sans riens en reserver ne retenir en aucune maniere, à la charge toutes voyes de dire perpetuellement et à tousjours, par chascun jour, pour la prosperité et sancté de nostre personne, de nostre tres cher et tres amé filz Charles, daulphin de Viennois et de noz successeurs Roys de France, à l'issue de la grant messe et aussi de vespres et à chacune

---

1. A la même pièce est annexée la quittance des trésoriers de France, datée du 17 mars 1481 (v. s.), consentant à l'entérinement de cette donation.

des dictes heures, une anthienne avec l'oraison de mon dit seigneur Sainct-Pol; et voulons qu'ilz puissent perpetuellement posséder, tenir et exploiter la dicte maison comme admortie, et laquelle nous leur avons de nos dictes grace et auctorité admortie et admortissons, sans ce que au moien des ordonnances faictes sur le faict des francs fiefz et nouveaux acquestz, ne autrement, pour quelque cause, couleur ou occasion que ce soit ou puisse estre, ilz soient ne puissent estre contrains, ores ne pour le temps avenir à la mettre ne vider hors de leurs mains, ne pour ce nous paier ne à nos diz successeurs aucune finance ou indempnité, et laquelle finance, à quelque somme qu'elle se puisse monter, nous leur avons donnée et quittée, donnons et quittons par ces presentes que nous avons pour ce signées de nostre main. Si donnons en mandement à noz amez et feaulx gens de noz comptes et tresoriers, au prevost de Paris . . . .

. . . .

Donné à Thouars[1] ou moys de janvier, l'an de grace mil cccc quatre vings et ung, et de notre regne le vingt ung^{me}.

LOYS.

(*Sur le repli*) : Expedita in Camera compotorum domini nostri regis Parisius. . . . . . . Estque presens carta libro cartarum hujus temporis f° ducentesimo septimo registrata. Scriptum in prefata Camera, xi^{a} die marcii, anno M° cccc° octuagesimo primo.

Par le Roy : BRICONNET.

(Arch. nat. S 3472.)

XXI.

Février 1481 (1482).

Louis XI donne à la fabrique de l'église Saint-Pol une place faisant partie de l'hôtel de la Pissotte pour rectifier la « quarrure » du cimetière de la dite église.

Louis, par la grace de Dieu roy de France, sçavoir faisons à tous presents et à venir qu'il est, puis n'agueres, advenu à nostre connoissance que, au coing du cimetiere de l'eglise parrochial de monsieur Saint-Pol à Paris, a une petite place, contenant 4 toizes de long et 2 toizes et demye de large ou environ, qui est enclavé et entre au dedans le dit cimetiere, et, à l'occasion d'icelle, y a difformitez en la quarrure d'iceluy cimetiere, et ne se peuvent bonnement parachever les galleries ou charniers[2] que les habitans de la dicte parroisse ont

1. Les mots *Thouars* et *janvier* ont été ajoutés postérieurement sur l'espace laissé en blanc.

2. M. l'abbé Valentin Dufour n'a pas connu cette pièce qu'il aurait certainement mise à profit dans son travail sur les charniers de l'église Saint-Pol. (*Revue universelle des Arts*, année 1866.)

encommencées de faire alentour du dit cimetiere, par lesquelles galleries se pourroient faire à couvert en temps de pluye les processions qui, chacun dimanche et autres festes, se font et continuent à l'entour du dit cimetiere, et qui plus est, que en icelle place et enclave, laquelle de toute antienneté est des appartenances de nostre maison appellée l'hostel de la Pissotte, y a esté depuis aucun temps en ça fait et ediffié un jeu de paulme, en quel se sont faictes et font plusieurs grandes assemblées de gens, et y adviennent plusieurs grans debatz, crieries, parjuremens et blasphememens, dont les messes et services de la dicte esglise, et aussy qui se font à un autel ou chappelle fondée au dit cimetiere contre la dicte place ou enclave, et les predications qui se font au dit cimetiere, ont esté par plusieurs fois troublez et empeschez, en grand mespris et irreverence de nostre createur, retardement et perturbation du dit service et predications, et pourroient estre encore cy après ainsy que remonstré nous a esté. Pourquoy nous, ayant regard et consideracion à ce qui dit est, desirons de tout nostre cuer la decoration, bien et augmentation de l'eglise et cimetiere de Saint-Pol dont nous sommes parroissien, nous estans en nostre dicte ville de Paris, en laquelle nostre tres cher seigneur et pere que Dieu absoille, receut le saint sacrement de baptesme[1], pour ces causes, et aussy en faveur et à la requeste d'aucuns nos especiaux serviteurs demourant en la dicte parroisse, qui sur ce nous ont supplié et requis, avons... donné, transporté et dédié à la fabrique de la dicte esglise de Saint-Pol à Paris la dicte place et enclave dessus declarée, ainsy qu'elle se comporte et extend, pour l'augmentation, accroissement et equarissement du dit cimetiere.

Sy donnons en mandement à noz amez et feaux les gens de noz comptes et tresoriers, au prevost de Paris...

Donné à Touars au mois de fevrier 1481, et de nostre regne le XXI. *Ainsi signé :* LOYS. Par le Roy, le bailli de Rouen et autres presens.

GEUFFROY. — VISA.

(Menant, mss. de Rouen, t. XII, f° 61.)

XXII.

Juillet 1484.

Le roi autorise les Célestins à établir des tuyaux entre l'hôtel des Tournelles et leur couvent, pour leur amener l'eau directement.

Charles, par la grace de Dieu roy de France, savoir faisons à tous presens et advenir, nous avoir receue humble supplication de noz

1. Charles VII était né à l'hôtel Saint-Pol le 21 février 1403 (n. s.), et par suite baptisé à Saint-Pol. Cf. la *Chronique du religieux de Saint-Denis* (édit. Bellaguet), t. III, p. 68.

bien amez chappellains et orateurs en Dieu les religieux prieur et couvent de nostre prieuré et monastere des Celestins de Paris, contenant que feu de bonne memoire le Roy Charles sixiesme, nostre predecesseur, le vingt sixiesme jour d'avril mil quatre cens et deux, pour la singuliere amour et affection qu'il avoit aus diz supplians et devocion qu'il avoit à leur religion à ce qu'il peust estre acueilly, associé et participant en leurs bienffaiz, prieres et oraisons, considerant que leur vie n'estoit que penitence et affliction de corps, jeusnes, vigilles et dures abstinences, et que en ce consistoit tout leur dit ordre, à la prière et requeste de feu nostre dit oncle Loys, en son vivant duc d'Orleans, son frere, donna à iceulx supplians pour l'usaige et prouffit d'eulx et de leur hostel, la grosseur et quantité du gros de la teste d'une espingle moyenne de eaue de fontaine, à icelle prendre par bons, seuffisans et convenables conduictz et tuyaulx de plomb, soubz la chambre laquelle pour lors on disoit la chambre la Royne, assise en nostre hostel de Saint-Pol à Paris, en certain regard estant illecques des lors comme encore est, tout au plus pres de terre comme estoit et est le gros tuyau de nostre [dicte] fontaine du Lyon, et sur ce leur octroya ses lettres, ausquelles ces presentes sont atachées, soubz le conseel de nostre chancellerie, au moyen et par vertu desquelles, qui furent bien et deuement vériffiées ainsi qu'il est requis en tel cas, les diz supplians firent mettre et asseoir leurs dis tuyaulx et conduiz au dit gros tuyau d'icelluy regard, et ainsi en ont joy paisiblement depuis le dit an quatre cens et deux jusques à puis aucun temps en ça que ceulx qui demeurent tant es hostelz nommez la Mouffle, comme au Beautreillis, pareillement en nostre dit hostel de Sainct-Pol et autres, leur y ont donné et donnent pluseurs grans empeschemens, et bien souvent leurs retiennent et transsonnent leur dicte eaue, et avecques ce, quans il y a aucuns de leurs oblatz qui vont vers eulx pour le leur remonstrer, les menassent à batre, et tellement que, tant à ce moyen comme aussi pour le grant tour que fait la dicte eaue, à venir du regard de derriere nostre hostel des Tournelles et passer par le dit hostel de la Mouffle, et de la dicte Mouffle au dit Beautreillis, et du dit Beautreillis en nostre hostel de Sainct-Pol, et d'illecques ou dit hostel des Celestins, les diz supplians n'ont peu ne ne pevent avoir eaue, sinon en yver que les dictes eaues sont fortes et haultes et viennent habundamment au gros et principal tuyau d'icelle nostre dicte fontaine; parce aussi que les diz supplians ne prennent que le gros de la teste d'une espingle moyenne, comme dessus est dit, qui est tres peu de chose, en quoy ilz ont grand interest et dommaige, parce que jaçoit que ilz y prengnent le moins que tous les autres qui sont au devant d'eulx, toutesfois si leur convient-il entretenir tous les gros tuyaulx d'icelle fontaine, tant aux champs comme à la ville à leurs propres fraiz et despens, sans ce que les demourans ès hostelz dessus nommez y voulsissent jamais en riens contribuer ne leur ayder à reffaire les diz tuyaulx qui tres souvent se rompent et crevent aux champs, parce qu'ils sont fort vieulx et furent faiz du temps que le duc de Bethfort et autres noz anciens ennemys tenoient et occupoient nostre dicte ville de Paris et le pays d'environ; et, à ceste cause, nous ont tres humblement fait supplier et requerir qu'il nous plaise leur octroyer qu'ilz puissent muer et changer leur dit tuyau et conduict qui de present est au dict regard de Sainct-Pol, et le mettre et asseoir en nostre dict regard des Tournelles, et l'acroistre en grosseur jusques à la valleur d'un pois moyen, et sur ce leur impartir nostre dicte grace. Pourquoy nous, ce consideré, qui desirons de tout nostre cueur et povoir ensuyvre les bonnes euvres et operacions de nos diz predecesseurs, cognoissans les causes qui meurent icelluy feu Roy Charles sixiesme à leur faire le dit ottroy, à ce aussi qu'ilz soient tousjours plus enclins à prier Dieu nostre createur et sa tres sacrée Vierge mere pour nostre prosperité et santé, et pour la paix et transquillité de nostre royaulme, et pour aucunement les soullager au moyen de la dicte eaue à ce que plus longuement ilz puissent vivre et porter le jou de Nostre-Seigneur, et les garder de peines et tribulacions mondaines qu'ilz ont tant au moyen et par defaulte de la dicte eaue, des questions et debatz qui en sourdent, comme aussi du grand tour qu'elle fait avant qu'elle puisse venir en leur dicte maison, qui n'est pas sans grans fraiz. Pour ces causes et autres à ce nous mouvans, et par l'advis, conseil et deliberacion de pluseurs des princes et seigneurs de nostre sang et lignaige, mesmement de nostre tres chier et tres amé frere et cousin le duc d'Orleans et de Millan, qui de ce nous a tres instamment supplié et requis, avons voulu et ordonné, voullons et ordonnons et aus diz supplians octroyé et octroyons de grace especial, plaine puissance et auctorité royal par ces presentes, qu'ilz puissent et leur loyse faire mettre et asseoir conduictz et tuyaux de plomb bons et souffisans, à leurs propres coutz et despens, au gros tuyau de nostre dicte fontaine venant en nostre dit hostel des Tournelles, ou quel sommes de present, dont la clef soit au regard d'icelle; lequel regart est au bout de nostre grant pré de derriere icelle nostre maison joignant au mur qui fait separation de nostre dict pré et des terres et coustures de l'ostel Dieu Sainct-Gervays, ainsi de la grosseur et par la forme et maniere que devisé et ordonné leur sera par noz amez et feaulx conseilliers maistre Pierre Bureau, chevalier et[1] d'Orgemont, tresoriers de France, ausquelz de ce avons donné et donnons charge expresse, jusques à la grosseur d'ung pois et au dessoubz, venans du dict regard jusques à la maison des diz religieulx par le long de la rue appellée

1. Le nom est laissé en blanc dans l'acte.

Petit-Muce, ou autre part se mieulx convenable leur est, en maniere que les diz religieux puissent en yver et esté avoir eaue à souffisance, tant pour tramper leurs poissons et salleures comme pour leur usaige, pourveu toutesfois qu'ilz retireront de terre leurs autres tuyaulx, lesquieulx de present respondent au dict regard de Sainct-Pol, et ne prendront eaue sinon en nostre dict regard des Tournelles seullement. Si donnons en mandement par ces presentes à noz amez et feaulx genz de noz comptes et tresoriers à Paris . . . .

Donné à Paris, ou mois de juillet, l'an de grace mil cccc quatre vings et quatre, et de nostre règne le premier.

(Arch. nat. S 3743, n° 39.)

XXIII.

Paris, janvier 1518 (1519).

Le roi cède à l'église Saint-Pol la partie de l'hôtel Saint-Pol restant du don fait au sénéchal d'Armagnac.

François, par la grace de Dieu roy de France, sçavoir faisons à tous presens et advenir que nous, reduysans à memoire comme les eglizes et cymestieres sont instituez et desdiez pour, en toute l'humble reverence et creance de Dieu, consacrer et administrer les Sainctz sacremens, celebrer et oyr le divin service, et finablement mettre en repos et sepulturer les corps des crestiens en attendant la resurrection generalle, ayons proposé et deliberé avoir esgard et entendre à faire repparer, augmenter et decorer les eglizes de nostre royaulme, esperant en ferme foy et creance que, par l'intercession et merites des glorieux Sainctz patrons des dictes eglizes, nous demeurions au chemyn pour parvenir et avoir lieu en l'eglize triumphante avec les biens eurez, et combien que l'eglise parrochial de Sainct-Paoul à Paris, en laquelle noz predecesseurs ont fondé six obiitz solempnelz, ait esté puis naguères construicte, edifiyée et decorée aux despens de l'œuvre, fabricque et parroissiens d'icelle ; toutes foys, en frequentant la dicte eglyse pour oyr le service dyvin, avons certaynement congneu qu'elle n'est assez ample ne spacieuse à recepvoir le peuple qui y afflue pour y prendre les dictz sacremens et oyr le dit service divin, sans grant trouble, desordre et confusion, irreverence de Dieu et contempnement des diz sacremens et service : pour à quoy obvier, les dictz parroissiens et marguilliers ont entreprins et commencé, au chevet d'icelle eglise, une sumptueuse chapelle en l'honneur de la glorieuse mere de Dieu, et la joindre et unir avec l'ancienne eglise, laquelle chappelle ne leur est possible achever sans avoir ayde de nous, mesmement de la portion de nostre maison vulgairement appellée l'hostel de Sainct-Paoul, joignant et contigue au cymestiere d'icelle eglize, restant du don que avons faict d'une aultre partye d'icelle maison à nostre amé et feal conseillier et chambellan Galliot de Genilhac, chevalier, maistre de nostre artillerye, la plus part de laquelle portion restant est de present en ruyne et de tout inutille. Pourquoy nous, ce que dict est consideré, et mesmement attendu que sommes parrochiens d'icelle eglise à cause de nostre hostel des Tournelles, par quoy raisonnablement soyons tenuz contribuer et ayder aux repparation et augmentacion d'icelle eglize, aussy consideré la grant devotion et esperance que avons tousjours eue es merites du glorieux appostre monseigneur Sainct-Paoul, docteur et predicateur de nostre foy, en l'onneur duquel la dicte eglise a esté et est desdyée et consacrée, et pour plusieurs aultres bonnes et justes causes et considerations ad ce nous mouvans, icelle portion de maison qui reste du don par nous ja faict à nostre dit conseiller et chambellan, avons de nostre propre mouvement, certaine science, plaine puissance et aucthorité royal, en l'honneur de Dieu, de sa sacrée et glorieuse mere et mon dit seigneur Sainct-Paoul, augmentation et decoration d'icelle eglize et du servise divin donné, ceddé, quitté et aulmosné, donnons, ceddons, quittons et aulmosnons pour nous, noz hoirs et successeurs, à l'œuvre, fabricque et parroissiens d'icelle eglise, à tousjours perpetuellement et irrevocablement, pour icelle employer à l'augmentation des diz eglise et cymestiere de l'eglise du dict Sainct-Paoul, et aultrement en faire et disposer au prouffit d'icelle eglize, et d'abondant de nostre plus ample grace, icelle porcion de maison dessus declairée avons admortye et desdiée, admortissons et desdyons à la dicte œuvre et fabricque de la dicte eglize, sans toutesfoys que pour raison de ce les parroissiens et marguilliers soient tenuz nous payer aulcune fynance ou indempnité, laquelle nous leur avons donnée, quittée et remise, donnons, quittons et remettons par ces dictes presentes, moyennant toutesfoys et à la charge que les diz marguilliers et parroissiens seront tenuz faire dire et cellebrer chascun an en la dicte esglize six obiitz solempnelz pour l'ame de nous, noz predecesseurs et successeurs roys, à telz jours et ainsy qu'il sera par nous ordonné et advisé, oultre les autres six obiitz, et aussy à la charge du don et octroy par nous faict à nostre cher et bien aimé Angel de Montfort, conte de Campobas. Sy donnons en mandement à noz aymez et feaulx conseillers gens de noz comptes à Paris, tresoriers de France et à tous noz aultres justiciers et officiers ou à leurs lieuxtenans presens et advenir et à chascun d'eulx si comme à luy appartiendra, que de noz present don, cession et transport et admortissement ilz facent, souffrent et laissent la dicte eglize Sainct-Paoul, fabricque et parroissiens d'icelle joyr et user plainement et paisiblement, à tousjours perpetuellement, et par rapportant es dictes presentes, signées de nostre main et recongnoissance de la dicte fabricque, nous voullons nostre receveur ordinaire de Paris et tous aultres qu'il appartiendra, en estre tenuz quittes et deschargés par iceulx gens de nos dictz comptes, et partout où il appartiendra sans difficulté, car ainsy nous plaist-il et voullons estre faict, nonobstant l'unyon faicte par feu de bonne memoire le Roy Charles le Quint du dit hostel ou dommaine de la Couronne de France, et quelzconques ordonnances et prohibitions sur le faict de l'aliénation de nostre dommaine, previllieges, interdictions et deffences de non allyener la dicte maison, et quelzconques aultres ordonnances, mandemens, interdictions, revocations, faictes par nous et de noz predecesseurs, que ne voullons prejudicier à ces presentes, ains à iceulx avons desrogé et desrogons par ces presentes. Et affin que ce soit... Donné à Paris, ou moys de janvier, l'an de grace mil cinq cens et dix huict, et de nostre regne le cinqiesme.

Ainsy signé : FRANÇOYS, et sur le reply : par le Roy : de Neufville. Visa contentor : DE BESZE, *et seellé du grant sceau de cyre vert.*

Collation a esté faicte de ceste presente copie à l'original par Guillaume Payen et Jehan Trouvé, nottaires du Roy nostre sire de par luy establis ou Chastellet de Paris, le sabmedy dix^{me} jour de septembre mil cinq cens quarante et ung.

TROUVÉ, PAYEN.
(Arch. nat. S 3472.)

XXIV.

(*S. d.*) [1519].

Règlement par la Chambre des comptes de la fondation de François Ier à l'église Saint-Pol, mentionnée dans l'acte précédent.

Veu par le procureur general du Roy en la chambre des comptes, les lettres patentes du roy données à Paris, au moys de janvier mil cinq cens dix huict, par lesquelles, et pour les causes contenues en icelles, le dict seigneur donna à la fabricque et parroissiens de l'eglise de Sainct-Paoul, une portion d'une maison vulgairement appelée l'hostel Sainct-Paoul, joignant et contigue du cimetiere d'icelle esglise, ainsi que à plain par les dictes lettres et visitation qui en a esté faicte par ordonnance de la dicte chambre est contenu, consent l'enterinement des dictes lettres, à la charge de quatre solz parisis de cens, portant lotz et vantes, amandes et saisines, et seize livres parisis de rente fonciere annuelle et non racheptable, que les dicts supplians seront tenuz payer par chacun an à la recepte ordinaire de Paris, aux quatre termes acoustumez, et oultre, à la charge que les dictz supplians seront tenuz faire dire et celebrer, par chascun an à tousjours, en la dicte esglise de Sainct-Paoul et le plus solempnellement et devotement que faire ce peult et doit, avec les plus beaulx ornemens de la dicte esglise et luminaire suffisant, six obitz, oultre les six obits ja fondez en la dicte esglise par les predecesseurs Roys, et lesquelz obitz seront faictz, dictz et celebrez le premier mardy de chascun moys de l'an, pour le salut et ame du Roy nostre dit seigneur, ses predecesseurs et successeurs Roys, et, affin qu'il n'y ayt faulte à la cellebration des dictz obitz, seront tenuz les dictz supplians et leurs successeurs, le jour preceddant la celebration des dictz obitz, venir denoncer et signiffier les dictz obitz à la dicte chambre, pour par elle y commettre et depputer tel que par icelle sera advisé pour assister à iceulx obitz, et oultre, pour memoire de la dicte fondation et charge dessus dicte, seront tenuz les diz supplians et leurs successeurs faire mettre et entretenir une table d'arain en ung des costez du grant houtel de la dicte esglise, en laquelle sera escripte la dicte fondation et charge dessus dicte.

MOLINET.
(Arch. nat. S 3472.)

XXV.

24 mai 1519.

Rapport des maîtres des œuvres de charpenterie et de maçonnerie à la Chambre des comptes sur l'état de l'hôtel donné par le roi à la fabrique de Saint-Pol.

A nobles hommes et saiges messeigneurs maistre Jehan de Badonvillier et Charles de Canlers, conseillers et maistres des comptes du Roy nostre sire à Páris, commissaires en ceste partye, Jehan Philippe, maistre des œuvres juré en l'office de charpenterie du Roy nostre dit seigneur, et Jehan de Felin, maistre des œuvres de maçonnerie, honneur, service et reverence avec deue obeïssance. Messeigneurs, plaise vous sçavoir que, en ensuyvant vostre ordonnance, le mardy vingt quatreiesme jour de may et aultres jours ensuyvans, l'an mil cinq cens et dix neuf, nous sommes transportez en ung grant hostel appartenant au Roy nostre dit seigneur, assis pres l'eglise Sainct-Paoul à Paris, pour veoir et visiter, toiser, mesurer, priser et estimer le dit hostel, tant pour sçavoir en quoy il consiste, quelz ediffices, lieux et pourprins il y a, en quel estat ou disposicion ilz sont, quelles longueurs et largeurs contiennent le dit pourprins du dit hostel, cours, jardins et appartenances d'icelluy, comme assavoir combien le dit hostel avec ses dictes appartenances peult valloir de prouffict et revenue par an, et d'argent contant pour une foys, en l'estat et disposicion qu'il est de present; lequel hostel, avec ses dictes appartenances, nous avons veu et visité ainsz qu'il appartient, et avons trouvé qu'il se consiste en plusieurs vielz ediffices, masures, cours et jardins cy après declairez : c'est assavoir, sur la rue Sainct-Paul, ung vieil portail et poterne, ung petit jardin à l'ung des costez et joignant du presbitaire Sainct-Paul, une petite masure de l'aultre costé du dit portail, une petite galleryc joingnant, et ung petit corps d'hostel couvert de thuille à pignon sur la dicte rue, ouquel soulloit avoir estable et grant court; oultre le dit portail et masures, une masure sur partie de la dicte grant court à l'endroict du dit portail de devant, en laquelle masure soulloit avoir corps d'hostel qui estoit couvert d'ardoise, et y a encores quelque portion de la dicte couverture d'ardoise sur partie du dict corps d'hostel; et sy y a, en icelluy corps d'hostel, une allée par laquelle l'on va de la dicte court cy apres declairée; ung petit viel corps d'hostel couvert de thuille fort vieil et caducque, joingnant aussy sur la dicte grant court de devant; une aultre court ensuyvant, en laquelle y a lieu où soulloit avoir fontayne; ung corps d'hostel en la dicte court, lequel est en forme de tour carrée couvert de thuille à pavillon à ung poinçon viz; grans galleryes qui sont couvertes de thuille sont pareillement vieilles, anciennes, corrompues et quasy en ruyne et partie en danger de choir; plusieurs masures à l'aultre costé de la dicte court entre icelle et la grant court devant declairée; ung petit jardin au bout de devant de la dicte grant court et aultres corps d'hostelz et masures au bout de derriere d'icelle grant court qui sont à l'allignement des grans galleryes ci dessus declairez; lesquelz corps d'hostelz sont de present en partie masure cheutz et fonduz par terre, et en aultre partie couvertz de thuille excessivement corrompuz et en danger de choir. Et, derriere les dictes grans galleries, y a ung preau ou place ayant yssue sur la rue de Petit-Musse, et une petite court, et aultre place derriere, les diz corps d'hostelz et mazures ayant aussy yssue sur la dicte rue de Petit-Musse; en laquelle petite court et place y a certaines petites galleries, dont partie est cheutte et fondue, et aultre partie qui est couverte de thuille est en danger de choir de heure à aultre; les lieux, comme ilz se comportent et extendent de toutes pars et de fons en comble, contenant ensemble quattre vingtz dix sept toises et demye de long à prendre du costé de Sainct-Paoul jusques à la dicte rue de Petit-Musse, et soixante neuf toises et demye aussi de long à prendre du costé de la maison du seneschal d'Arminagnac et des jardins et hostel des Lyons, depuis icelle rue de Petit-Musse jusques contre le mur d'entre le dit petit jardin de la grant court et la court ou jardin de Jehan le Vigoreux, sur cinquante une toises cinq piedz de large à prendre sur la dicte rue de Petit-Musse et depuis le jardin de l'hostel du Beautreilliz jusques contre la dicte maison du dict seneschal d'Arminage; et vingt neuf toises et demye aussy de largeur à prendre sur la dicte rue Sainct-Paoul, depuis le mur du presbitaire jusques à ung hostel que fait edifier de neuf Guerin Maugué, iceulx lieux et appartenances tenans d'une part en partie au dit presbitaire et cymetiere du dict Sainct-Paoul, et en aultre partie au dict jardin de l'hostel du Beautreilliz, et d'aultre part en partie à la dicte maison du dit seneschal d'Arminage, et en aultre partie au dict hostel et jardins des Lyons, aboutissant par derriere en quelque petite portion au dit jardin du Beautreilliz, et en oultre et plus grant partie à la dicte rue de Petit-Musse, et par devant en partie à la dicte rue Sainct-Paoul, et en aultre partie au dict hostel et jardins des Lyons, et aux maisons et jardins de Jehan le Vigoreux, la vefve Ferrebourg, Me Pierre Loriot, et au dict hostel que l'on ediffie de present de neuf, appartenant à Guerin Maugué; et lequel hostel, avec ses dictes appartenances et appendances cy devant à plain contenues et declaireez, ainsy que le tout se comporte et en l'estat et disposicion qu'il est de present, avons prisé et estimé, et le prisons et estimons valloir la somme de six vingtz livres tournois de prouffict et revenu de loyer par chacun an, communes années, ou la somme de troys mil cinq cens livres tournois argent comptant pour une foiz, et nous semble et est advis que icellui hostel avec ses dictes appartenances y seroit assez vendu, eu l'estimacion à l'assiette d'icelluy en l'estat, disposicion et grant ruyne où il est, aux grans repparacion qui y sont à faire, et au temps de present. Et tout ce vous certiffions estre vray, et avoir esté par nous loyaulment faict à noz pouvoirs, tesmoing noz seingz manuelz cy mis, l'an et jour dessus dictz.

Ainsi signé : J. PHILIPPES et J. de FELIN.

Collation a esté faicte de ceste presente coppie à l'original par Guillaume Payen et Jehan Trouvé, notaires du Roy nostre sire, de par luy establis ou Chastelet de Paris, le samedi XVIIe jour de septembre l'an mil Vc XLI.

G. PAYEN, J. TROUVÉ.
(Arch. nat. S 3472.)

XXVI.

Novembre 1541.

Dossier relatif à la vente de l'hôtel Saint-Pol faite par François Ier à l'église Saint-Pol. 12 novembre 1541.

L'an mil cinq cens quarente ung le samedi XIIe jour de novembre à nous Michel Tambonneau et Jehan Viole, conseilliers du Roy et maistres ordinaires de ses comptes, furent presentées les lettres patentes du dit seigneur et certaine requeste presentée à la dicte chambre sur icelles, et pièces, desquelles la teneur ensuit :

Françoys, par la grace de Dieu roy de France... (*texte des lettres de don de l'hôtel Saint-Pol, reproduites plus haut, sous le no XXIII*).

A nosseigneurs des comptes, supplient humblement les marguilliers de l'eglise et fabricque monseigneur Sainct Paoul de ceste ville de Paris, qu'il vous plaise veoir et visiter les lettres patentes du Roy nostre sire cy atachées, et les enteriner ainsi que le dict seigneur le veult et bien espressement le vous mande, et vous ferez bien.

Et en marge de laquelle requeste estoit escript :

Ostendatur procuratori regis. Committuntur domini Johannes de Badonvilier et Karolus de Canlers consiliarii regis, magistri que suorum compotorum, ad visitandum locum de quo infra vocatis, vocandis et curis referendis ordine dominorum. Actum ad burellum decimo die Maii millesimo quingentesimo decimo nono.

Signé : Brinon.

Les gens des comptes du Roy nostre sire à maistres Jehan de Badonvilier et Charles de Canlers, conseilliers du dict seigneur et maistres de ses dictz comptes, salut. Veues les lettres patentes du dict seigneur, signées de sa main et d'un secretaire de ses finances, ausquelles ces presentes sont atachées soubz l'un de noz signetz obtenues et à nous presentées de la partie des marguilliers de l'eglise et fabricque monseigneur Sainct-Pol à Paris, et affin de sur icelles proceder comme de raison, nous vous mandons et commettons par ces presentes que, appellez avec vous ceulx que verrez estre à appeller, vous visitez et faictes visiter bien et deuement la maison et lieux dont es dictes lettres patentes est faicte mention. Informez vous aussi combien les dicte maison et lieux pourroient valloir de revenu annuel et à vendre pour une foys ; quelles charges il y a et envers qui, et se la dicte eglize pourroit poinct estre eslargie et agrandye sans les dictes maison et lieux ; à qui appartiennent les lieux où elle se pourroit eslargir et engrandir, et combien ilz contiennent ; quel interest le dict seigneur, la chose publique ou autres pourroient avoir en l'expedition des dictes lettres, et generallement, vous informez et enquerez sur tous et chacuns les autres poinctz contenuz es dictes lettres et autres deppendans d'iceulx que verrez bon estre. De ce que faict et trouvé en aurez, avec voz advis sur ce nous rapportez par ces lettres en forme deue. Donné soubz nos diz signetz le dixiesme jour de may l'an mil cinq cens dixneuf.

Signé : Leblanc.

A nosseigneurs des comptes supplient humblement les marguilliers et paroissiens de l'eglise Sainct-Pol à Paris, comme les dis supplians dès longtemps ayent obtenu lettres patentes du Roy en forme de chartre cy atachées, sur l'enterinement desquelles auriez commis feu Me Charles de Canlers et Me Jehan de Badonvilier, conseillers du Roy et maistres ordinaires de ses comptes, lesquelz seroient jà bien entrez avant au faict de leur dicte commission. Et depuis, les diz supplians ont esté long temps sans en faire poursuicte, obstant certains procès qu'ilz ont euz contre leur recepveur, lesquelz ont duré plus de quinze ans ; pendant lequel temps, iceluy receveur, qui auroit par devers luy les dictes lettres et procedures, n'auroit poursuivy ne exibé icelles jusques à peu de temps en ça qu'ilz ont esté recouvrez. Ce consideré, attendu le trespas du dict de Canlers et l'absence d'iceluy Badonvilier, il vous plaise subrogier telz de vous nos diz seigneurs que adviserez, pour parachever ce qui ja a esté encommancé au faict de l'enterinement des dictes lettres, et vous ferez bien.

Au marge de laquelle requeste estoit escript :

La Chambre a subrogié Mes Michel Tambonneau et Jehan Viole, conseillers du Roy et maistres de ses comptes, pour au lieu des diz maistres Jehan de Badonvilier et Charles de Canlers, aussi maistres des dictz comptes, pour informer et faire leur rapport de l'ordonnance de messeigneurs. Faict au bureau le dernier jour d'aoust mil cinq cens et quarante ung.

Signé : FRAGUYER.

Les gens des Comptes du Roy nostre sire, à maistres Michel Tambonneau et Jehan Viole, conseillers et maistres des comptes ordinaires du dict seigneur, salut. Veue la requeste à nous le jour d'uy presentée de la partie des marguilliers et paroissiens de l'eglise Sainct-Paul à Paris, ensemble les lettres patentes et commission par nous decernée sur icelles, dont en la dicte requeste est faicte mention cy atachée soubz l'un de noz signetz, nous vous mandons et commettons par ces presentes que nos dictes lettres de commission mettez à esecution deue de poinct en poinct selon leur forme et teneur, nonobstant qu'elles ne soient à vous adressans, et tout ainsi que si elles n'estoient surannées, de ce faire vous donnons pouvoir et mandons à tous en ce faisant vous estre obey. Donné soubz nos dictz signetz, le sixiesme jour de septembre mil cinq cens quarante ung.

Signé : LE MAISTRE.

Nous requerant Jehan Guichon, procureur receveur de l'œuvre et fabricque monseigneur Sainct-Pol de ceste ville de Paris, porteur des dictes lettres de commission, que voulzissions vacquer à l'execution de la dicte commission à nous adressant comme dict est, ce que luy aurions accordé, et, pour ce faire, auroit le XVIe jour du dict moys de novembre faict comparoir par devant nous maistre Loys Poireau, maistre maçon juré demeurant à Paris, rue de la Huchette, aagé de cinquante cinq ans ou environ, maistre Jehan Batier, maistre maçon juré demourant en la dicte rue, aagé de cinquante ung an ou environ, maistre Jehan Goulart, maistre maçon juré demourant rue de la Champvairrerie, et maistre Pierre Chambiche, maistre des œuvres de la ville de Paris, nous requerant les faire jurer et oyr sur le contenu en nostre dicte commission et articles que verrions bon estre, lesquelz feismes jurer, present maistre Anthoine Mynart, advocat du dit seigneur ès diz comptes, en l'absence de Me Gervais du Moulinet, procureur d'iceluy seigneur en iceulx comptes, de depposer vérité sur les articles sur lesquelz ilz seroient par nous interroguez, ce qu'ilz promisdrent faire; et le landemain ensuyvant, ont esté par nous oyz sur les articles cy après inserez, à euls leuz et par la forme qui s'ensuyt.

ARTICLES.

Et premierement, s'ilz sçavent la situation de la portion de maison vulgairement appellée l'hostel Saint-Pol, donnée par le Roy à l'eglise Sainct Pol; en quoy elle consiste; quelles appartenances il y a, et combien le tout peult contenir?

Combien la dicte maison et appartenances pourroient le jour d'huy valloir de revenu annuel, et à vendre pour une foys? Quelles charges il y a sur la dicte portion de maison, et envers qui? S'il y a autre lieu où la dicte eglize se puisse agrandir commodement sans prandre la dicte portion de maison, et à qui appartiennent les lieux où elle se pourroit agrandir?

Quel interest le Roy et la chose publique pourroient avoir en prenant la dicte maison pour le dict accroissement et en l'admortissement d'iceluy lieu?

Le dict Me Jehan Batier, tesmoin produict juré comme dessus, et enquis sur les dictz articles :

Sur le premier d'iceulx a dict sçavoir la scituation de la portion de maison declairée es dictes lettres vulgairement appellée l'hostel Sainct-Pol, passez sont quarante ans, et qu'il a esté mené depuis quinze jours en ça sur le dit lieu par les marguilliers de Sainct-Pol, lesquelz luy ont monstré iceluy lieu, qui se consiste en plusieurs vielz ediffices, cours applicquez à chantiers tenant au cymetiere Sainct-Pol, et plus avant que le dit cymetiere au jardin du Grand-Treilliz, qui est dessus le dict cimetiere, et jusques à la rue du Petit-Musse tout le long des diz lieux; d'autre part au grand escuyer et autres, aboutissant d'un bout par devant à la rue Sainct-Pol et autres maisons et d'autre bout à la dicte rue du Petit-Musse, qui est la rue joignant aux Celestins, tout esquarrement contenant les diz lieus arpent et demy ou environ comme luy semble.

Sur le deuxiesme des diz articles, dict que les diz lieux pourroient valloir de loyer par chacun an, en l'estat qu'ilz sont, huict vingtz livres tournois, et, à vendre pour une foys, quatre mil livres tournois, et aultant en vouldroit bien bailler le dit depposant.

Sur le troisiesme des dictz articles, dict qu'il ne sçait point que les dictz lieux soient chargiez, et a tousjours de sa dicte congnoissance ouy dire que le dict lieu estoit l'hostel de la Royne.

Sur le quatriesme des dictz articles, dict que la dicte eglize Sainct-Pol ne se peult acroistre commodément que par le dict costé du dict hostel de la Royne, au moyen que les autres lieux par où on la pourroit accroistre appartiennent au prieur de Sainct-Eloy et justice du dict lieu, sans qu'il leur coutast grans deniers, et luy semble qu'il est besoing de agrandir l'eglize, pour la multitude du peuple d'icelle.

Sur le cinqiesme, dict qu'il ne sçauroit deposer d'autre interest que du dit revenu, et ne sçait si, au jour d'huy et par cy devant, on en paye quelque chose au Roy ; toutesfoys, croit qu'il s'en paye quelque chose, pour autant qu'il y a des chantiers en iceluy lieu et que, en delaissant le dict lieu à la dicte eglize et iceluy admortissant, il estime le dict lieu à six mil livres tournois pour une foys ; et luy semble que la chose publicque y aura prouffict, parce que es diz lieux se pourra faire une petite rue venant de la dicte rue du Musse en la dicte rue Sainct-Pol, et en aucuns costez des diz lieus y ediffier maisons pour logier le peuple ; et autre chose ne sçauroit à parler du contenu es diz articles.

Signé : JEHAN BATIER.

Le dict Me Loys Poireau, tesmoing produict juré comme dessus, et enquis sur les diz articles, sur le premier des diz articles a dict qu'il a frequenté le dict lieu, passez sont trente ans, et que depuis quinze jours en ça les dictz marguilliers le menerent sur le dict lieu avec les dictz Goulart, Batier, Chambiche et Estienne Grant-Remy, leur clerc, lequel lieu se consiste en vielz ediffices, la pluspart d'iceulx en ruyne, cours, chantiers tenant d'une part au cymetiere Sainct-Pol, et d'autre ne sçait à qui, aboutissant d'un bout à la rue du Petit-Musse, et d'autre costé à la rue Sainct-Pol, et que iceluy lieu peult contenir de trois à quatre arpens, raison de vingt piedz pour perche.

Sur le deuxiesme des diz articles, dict que le dict lieu se pourroit louer chacun an sept vingtz dix livres tournois et non plus, et à vendre pour une foys quatre mil cinq cens livres tournois, tant seullement, veu la ruyne du dict lieu.

Sur le IIIe des dictz articles, dict qu'il ne scet point que les diz lieus soient chargez d'aucunes charges. Sur le IIIIe des diz articles dict que la dicte eglize de Sainct-Pol ne se peult eslargir que du costé du dict lieu appellé l'hostel Sainct-Pol, autrement l'hostel la Royne, parce que de l'autre costé il y a la grange Sainct-Eloy, appartenant au prieuré Sainct Eloy, et autres maisons qui ne se pourroient aiseement recouvrer, et dict il depposant qu'il est besoing croistre la dicte eglize, pour la multitude du peuple qui y est, et a veu aux festes et dimanches qu'il y avoit si grant presse qu'on ne se povoit tourner.

Sur le cinqiesme des diz articles, dict que l'interest que le Roy auroit en donnant les diz lieux, retenant à luy les lotz et ventes, se pourroit monter par an à la somme de huict vingtz livres tournois par an, et que en delaissant du tout le dict lieu et iceluy admortissant à la dicte eglize, l'interest du dict seigneur pourroit valloir cinq mil six cens livres tournois ; et se dict à ce que les dictz marguilliers luy ont divisé l'acroissement de leur dicte eglize qu'ils entendent faire qu'il leur conviendroit bien prandre sur le dict lieu ung arpent et demy ou deux arpens pour l'acroissement de la dicte eglize et cimetiere, et n'y auroit en ce la chose publicque aucuns interetz, ains prouffict, pour le regard de ce qu'il pourra demourer des dictz lieux, la dicte eglize faicte, qui se applicquera à louage, lesquelz le dit depposant ne sçauroit estimer jusques les longitudes et latitudes de la dicte eglize soient prinses et faites.

Signé : POYREAU.

Le dict maistre Pierre Chambiche tesmoing produict juré comme dessus et enquis sur les dictz articles :

Sur le premier des dictz articles, dict qu'il y a plus de trente ans qu'il a congnoissance du dict lieu, et que deppuis quinze jours en ça les diz marguilliers le menerent sur le dict lieu avec les diz Poireau, Batier et Goulart ; lequel lieu se consiste en vieilz ediffices estans en ruyne, quatre places vagues en l'une desquelles places y a ung petit pavillon en ruyne et les autres places applicquées à mettre du boys merrien, tenant d'un costé à la maison du grant escuyer, et d'autre au cymetiere Sainct-Pol, aboutissant d'un bout à la grant rue Sainct-Pol et d'autre bout à la rue du Petit-Musse, dont lequel lieu peult contenir trois arpens ou environ.

Sur le deuxiesme des dictz articles, dict que tout le dict lieu peult valloir de loyer par chacun an huïct vingtz livres tournois, et à vendre pour une foys quatre mil livres tournois.

Sur le IIIe des dictz articles, dict qu'il ne scet point que le dict lieu doyve aucunes charges.

Sur le quatriesme des dictz articles, dict que la dicte eglize ne se peult augmenter bonnement que par le dict lieu appellé la Court la Royne, au moyen que les maisons qui sont de l'autre costé sont en mains fortes, comme au prieur de Sainct-Eloy et au conte de Dampmartin, et dict estre necessaire de croistre la dicte eglize pour la grant multitude du peuple de la dicte parroisse, qui s'extend es villages de Roilly, Poupincourt, la Granche-aux-Marchiers, la Croix-Faubin et autres lieux, et a le dict depposant vingt ou vingt cinq ans alors qu'il estoit de la dicte parroisse, veu que aux bons jours une grande partie des parroissiens estoient contrainctz pour ouyr le service, de se tenir sur le parvis de la dicte eglize et en la rue devant ; le dict peuple et luy mesme y a esté ainsi contrainct pour la dicte multitude.

Sur le cinqiesme, dict que le dict lieu, baillé à rente à tousjours à la charge des lotz et ventes, peult valloir quatre vingtz quatorze livres tournoys de rente, et que le dict lieu, baillé à la dicte eglize et admorty à icelle eglise, pourroit valloir cinq mil soixante quatre livres tournois, et se dict sur ce enquis que pour faire la dicte eglize de la longitude dont les dictz marguilliers l'entendent faire du dict costé de la Royne, commendera prandre en iceluy vingt toizes de largeur, et le demourant pour faire le dit cymetiere, parce que le cymetiere qui y est à present sera comprins dedans la dicte eglize en icelle augmentant comme ilz entendent faire, et dict sur ce enquis qu'il ne sçauroit dire au vray quelle portion pourra demourer au dict lieu, la dicte eglize et augmentation d'icelle faicte, et ne scet aussi si les dictz marguilliers applicqueront le tout à icelle eglize et cymetiere, ou non.

Signé : CHAMBIGE.

Le dict maistre Jehan Goulart, tesmoing produict juré comme dessus et enquis sur les diz articles :

Sur le premier des dictz articles, a dict sçavoir la scituation du dict lieu passez sont quarante ans, et que depuis quinze jours en ça les dictz marguilliers l'ont mené sur le dict lieu qui se consiste en cours et chantiers, vielz ediffices qui sont en ruyne, tenant d'une part au cymetiere Sainct-Pol et au jardin du Beautreilliz qui est au dessus du dict cymetiere, d'autre costé au maistre de l'artillerie, aboutissant d'un bout à la rue Sainct-Pol, et d'autre à la rue qui respond aux Celestins et s'en va au port des Barrez ; tout lequel lieu peult contenir arpent et demy ou environ.

Sur le deuxiesme des ditz articles, dict que les dictz lieux pourroient valloir de loyer chascun an huict vingtz dix livres tournois et non plus, et à vendre pour une foys quatre mil deux cens livres tournois, et non plus n'en vouldroit donner.

Sur le troisiesme des dictz articles, dict qu'il ne scet aucunes charges estre sur les dictz lieux.

Sur le quatriesme, dict que la dicte eglize ne se peult acroistre commodement que par le dict lieu, appellé de toute sa congnoissance l'hostel de la Royne, au moyen que les maisons de l'autre costé appartiennent à gens qui ne les vouldroient vendre ; qu'il cousteroit beaucoup à avoir les dictes maisons encores qui les voulzissent vendre ; et luy semble qu'il est besoing de croistre la dicte eglize parce que le peuple y est fort pressé, mesmement aux festes solempnelles comme il a veu.

Sur le cinqiesme des dictz articles, dict qu'il luy semble que le Roy n'aura aucun interest de bailler la dicte place, en luy faisant huict vingtz dix livres tournois de loyer par chacun an ; aussi dict que se le dict lieu se bailloit à tousjours à la dicte eglize comme admorty, il estime le dict lieu, ainsi baillé pour une foys, valloir six mil cinq cens livres tournois, et semble au dit depposant que la chose publicque n'y aura dommaige, ains prouffict, parceque aucunes personnes se pourront loger au dit lieu et y ediffier maisons. Et autre chose ne sçait en contenu es diz articles.

Signé : GOULART.

Et pour sçavoir au vray que s'estoit des dictz lieux, nous nous serions transportez sur iceulx lieux le jeudi de relevée, XXIIIe du dit moys de novembre, appellez par nostre ordonnance Guillaume de la Ruelle et Guillaume le Peuple, maistres des œuvres de maçonnerie et charpenterie du dict seigneur et jurez du dict seigneur es dictz estatz, avec lesquelz aurions veu et visité tous les dictz lieux, et ce faict, après leur avoir donné à entendre le dit don et articles de nostre dicte commission, leur aurions faict faire serment d'iceulx lieux mesurer, priser, et estimer, et sur tout nous bailler leur rapport deuement signé, lequel ilz nous ont baillé en la forme qui s'ensuit.....

(Cf. la pièce suivante.)

(Arch. nat. S 3472.)

XXVII.

24 novembre 1541.

Rapport des maîtres de charpenterie et de maçonnerie à la Chambre des comptes sur l'état de l'hôtel de la Reine (Voyez, plus haut, le rapport de 1519).

A nobles hommes et saiges messeigneurs maistres Michel Tambonneau et Jehan Vyolle, conseillers et maistres des comptes du Roy nostre sire à Paris deputez en ceste partie par nos seigneurs des diz comptes, nous Guillaume de la Ruelle, maistre des œuvres de maçonnerye du Roy nostre sire, et juré du dict seigneur en la dicte office, et Guillaume le Peuple, maistre des œuvres de charpenterie du Roy nostre sire, et aussy juré du dict seigneur en la dicte office, honneur, service et reverance avec deue obeïssance. Noz seigneurs, plaise vous sçavoir que, ensuyvant vostre ordonnance, le jeudy vingtquatreiesme jour de novembre l'an mil cinq cens quarante et ung, et après le serment par nous faict par devant vous, nous sommes transportez en ung grant hostel et appartenances, appellé l'hostel de Sainct-Pol, et vulgairement appellé la Court de la Royne, appartenant au Roy nostre sire, assis près l'eglise de Sainct-Pol à Paris, lequel hostel et appartenances nous ont esté par vous nos diz seigneurs monstrez et exhibez en la presence des maregliers du dict Sainct-Pol, pretendans les diz lieux appartenir à la dicte eglise par le don du Roy nostre dict seigneur, pour les diz hostel et appartenances, lieux et place vuyde toyzé et mesuré [*sic*] par tenans et aboutissans, et quelles longueurs et largeurs contiennent le pourpris des diz hostel et appartenances et iceulx lieux prisez estimez tant en bastimens que place vuyde, tant de cens que de rentes ou à vendre argent comptant pour une foys à la charge du cens seullement, et aussi sans aulcun cens ne redevance ne charge quelconque au Roy nostre dict seigneur comme les diz lieux amortiz à la dicte eglise avec l'indanité du dict seigneur. Lesquelz lieux et appartenances nous avons veuz et visitez ainsi qu'il appartient, et avons trouvé que les diz lieux se consistent en plusieurs vielz edifficeś, masures et jardins avecques plusieurs grans chantiers de boys cy apres declairez : c'est assavoir, sur la rue de Sainct-Pol, y a ung vielz portail et ung petit jardin au long du costé et joingnant le presbitaire du dict Sainct-Pol, et à l'autre costé d'icelluy portail, y a ung jeu de paulme et court avecques corps d'hostelz à pignon sur la dicte rue, couvert de thuille; et oultre le dit portail y a une masure devant et à l'endroit d'icelluy, et ung autre corps d'hostel à costé du dict presbitaire vielz et caducque, couvert de thuille; et, joignant la grant court où soulloit estre une fontaine, y a ung corps d'hostel en icelle court, lequel est en forme de tour carrée couverte de thuille et pavillon à ung poinçon, viz et grand gallerie à costé d'icelle court, et au bout de derriere en partie d'icelle couverte de thuille qui sont en partie vieilles et caducques, avecques autres corps d'hostelz et masure au bout d'icelle court, lesquelz sont la plus grant partie chutes et ruynez, et derriere les dictes grant gallerie et masure, y a une grant court applicquée à chantier de boys, ayant yssue sur la rue de Petit Musse, et une autre grant court et place à costé et derriere les diz corps d'hostelz et masure aussi ayans yssue sur la rue du dit Petit-Muce, aussi applicqué en chantier de boys; une autre grant court et place oultre les dictz vieulz ediffices en tyrand vers l'hostel des Lyons, où il y a une autre grant court, place et masure et edifice couvert de thuille qui sont vieilz et caducques, et la plus grand partie est en ruyne, chutes et fondues, et icelles grans cours et places appliquées en chantiers de boys, les lieux comme ilz se comportent et extendent de toutes pars et de fons en comble; tenant le dict hostel et appartenances d'un costé en partie au dict Sainct-Pol, et en autre partie au jardin de l'hostel du Beautreilliz, et d'autre part en partie à Galliot de Genoillac, seneschal d'Arminac, et en autre partie à l'hostel des Lyonś, aboutissant en partie sur la rue de Sainct-Pol et en autre partie derriere la maison de Jehan le Vigoreux, dict Mogue, et la vefve Ferrebourg et Pierre le Lorier, ou à leurs ayans cause, et au dict hostel des Lyons, aboutissant d'autre bout en la rue du Petit-Muce; contenant de long le dit premier, venant du costé du dict Sainct Pol et Beautrilliz, à prandre depuys la dicte rue du dict Sainct-Pol jusques en la rue du dict Petit-Muce, quatre vingtz dix sept toises et demye de long, et du costé du dict Galliot de Genoillac, seneschal d'Arminac, et l'hostel des Lyons, soixante neuf toyses ung pied de long, et le dict aboutissant du costé de la rue Sainct-Pol à prandre depuis la maison de l'esleu Tardif jusques à la maison de Guerin Mangne ou ses ayans cause vingt huict toises cinq piez et demy de long, et depuys le dict Guerin Mangne par derriere et dedans icelle court de la Royne jusques au tenant du dict hostel des Lyons cy devant declaré trente toyses de long et l'aboutissant du costé de la dicte rue du dict Petit-Muce, à prandre depuis le mur du jardin du dit Beautrilliz jusques contre la maison du dict seneschal d'Armignac, cinquante troys toises deux piedz et demy de long; et lesquelz hostel avec ses appartenances et deppendances cy devant à plain declairez, et ainsi que les lieux se comportent en l'estat et disposition qu'ilz sont de present, avons prisé et estimé, et les prisons et estimons valloir là où ilz seroient constitués en rente la somme d'onze vingtz livres tournoys; et aussi les avons prisez et estimez, prisons et estimons argent comptant pour une foys, à la charge du cens seullement, la somme de cinq mil cinq cens livres tournoys; et oultre les prisons et estimons, et les avons prisez et estimez sans aucun cens ne redevance au Roy nostre dict seigneur et comme les lieux amortiz en la dicte eglise, comprins l'indanité, la somme de sept mil deux cens livres tournoys, et nous semble et nous est advis que icelluy hostel, lieux et appartenances seroient assez vendues, eu esgard à l'assiette et disposition qu'ilz sont de present. Et tout, nos diz seigneurs, vous certiffions estre vray et avoir esté par nous loyaulment faict à noz pouvoirs; tesmoings noz seings manuelz cy mys l'an et jour dessus diz.

[Signé :] G. de la Ruelle. Le Peuple.

(Arch. nat. S 3472.)

XXVIII.

1541-1543.

Compte des dépenses faites par la fabrique de Saint-Pol au sujet du don de la Court la Royne par le roi à l'église.

La Court la Royne.

Parties par le menu frayées et desboursées par le commandement de messeigneurs les marguilliers de l'eglise monseigneur Saint-Paul à Paris, par Jehan Guichon, recepveur de la dicte eglise, ainsi qu'il s'ensuyt :

Et premierement a esté payé par le dit Jehan Guichon à monsieur de Montmort pour le rembourser de ce qu'il auroit frayé pour le dit hostel de la Court la Royne, pour ce, icy xv sols t.

Le dimenche, sixiesme novembre l'an mil V[c] quarente ung, payé par le dit receveur, pour boys par luy envoyé au bureau de la dicte eglise, par le commandement de sire Jacques David, marguillier, et pour le portaige d'icellui, pour ce vii s. vi den. t.

Ce dit jour, à l'assemblée faicte au dit bureau, payé pour le desjeuner de maistres Pierre Chambiche, Loys Poireau, Jehan Bastier et plusieurs autres avec messieurs les marguilliers de la dicte eglise, pour ung pasté à la saulce chaulde et ung pasté de chappon, pour ce vii sols, vi d. t.

Au dit Jacques David à luy payé par le dit receveur de ce qu'il a frayé au dit desjeuner, tant en pain, vin, saulcisses, que autres choses, pour ce XIII sols.

Dimenche XIII novembre ensuivant, payé par commandement du dit David, pour le rembourser du desjeuner faict au dit bureau pour Guillaume le Peuple et Guillaume de la Ruelle, maistres des œuvres de charpenterie et maçonnerie, pour ce XIII s. t.

Mercredi XVI novembre, payé par commandement du dit David en sa presence, pour le desjeuner faict à la Pomme de Pin aus diz Chambige, Poireau et plusieurs autres, XXII sols, VI d. t.

Jeudi XVI[I] novembre, payé par commandement de mes diz sieurs les margliers pour le disner faict au Petit Cert près le Palais, aus diz Chambige, Poireau, Jehan Goulart, Jehan Bastier, Estienne Grant-Remy et plusieurs autres, present le dit David, LIII s. t.

A Jehan de la Croix, rotisseur, à luy payé, par commandement de Me Philippes Chesneau, marguillier, pour viande par luy livrée, pour ce L s. t.

Au dit Chesneau, à luy payé dix testons de X s. VIII d. t. pièce, pour payer le disner de messieurs des comptes, qui fut faict le dict jour en la chambre, pour ce IIII l. V. s. IIII d.

Au dit Chesneau, à luy payé IXe s. de XX l. V. s. t. pour payer, c'est assavoir aus diz Chambige, Poireau, Bastier et Goulart à chacun d'eulx IIe sols et audit Grant-Remy qu'il n'auroit juré Ie sols pour ce XX l. V s. t.

Le jeudi XXIIII novembre ensuivant, payé pour la collation de messieurs Tambonneau et Viole, maistres des comptes, au bureau de la dicte eglise, ouquel seroient comparuz Me Guillaume le Peuple, Guillaume de la Ruelle, maistres des œuvres de charpenterie et maçonnerie à Paris, lesquelz après serment par eulx faict à mes diz seigneurs auroient promis de faire leur toisé du dit hostel de la Court de la Royne au lundi ensuivant, payé en pain et vin XII s. t. . . . . .

. . . .

Lundi XXI novembre ensuivant, qui est le jour que a esté faicte la dicte toisé de la court la Royne, payé par le commandement de mes dis seigneurs les margliers, pour ung desjeuner faicte en la chambre de Me Jehan le Grant, clerc de l'œuvre de la dicte eglise, assavoir en ung pasté à la saulce chaude, pain et saulcisses pour ce IIII s. X d.....

Ce dit jour [21 9bre], pour le disner faict aux sus diz le Peuple, Chesneau et la Ruelle et plusieurs autres au Fer du Moulin, et pour orenges, payé XIX s. t.

Dimenche IIII decembre ensuivant, payé par le commandement de mes dis sieurs les marguilliers aus diz le Peuple et la Ruelle pour avoir faict la dicte toisé du dit hostel de la Court la Royne, c'est assavoir à chacun d'eulx IIe sols de IIII l. X s. t., et pour leur clerc qui a faict le rapport du dict toisé, Ie sol. de XI l. V s. t. et pour tout XI l. V s. t.....

A esté payé, pour avoir faict coppier deux coppies, l'une du don faict par le Roy nostre nostre sire du dit hostel la Court la Royne et l'autre du toisé faict par feuz maistre Jehan Philippes et Jehan de Felin, maistres des œuvres de charpenterie et maçonnerie, pour ce V s. t.

A Thomas de Cerisay, à luy payé par le commandement du dit David pour plusieurs coppies par luy faictes, pour iceulx faire collationner à l'original, assavoir le don faict par le Roy nostre sire à la dicte eglise Saint-Paul du dit hostel la Court la Royne, et le viel toisé faict d'icellui, le tout collationné à l'original par maistres Guillaume Payen et Jehan Trouvé, notaires, pour ce XII s. VI d. t.

Aux clercs des diz notaires, pour leurs peines et vaccations d'avoir collationné les dictes coppies, à eulx payé à deux foys IIII s. t.

A esté payé pour dix coppies, touchant le dit hostel la Court la Royne, pour bailler à messieurs Hennequin, Spifame, d'Athis, Chambon, Picard, Brandon et à plusieurs autres, pour ce X s. t.....

En total LXIII l. II s. II d. t.

Ita est, par le commandement de messieurs les marguilliers.

GONDIN.

(Arch. nat. S 3472.)

(*Suite du compte précédent.*)

LA COURT LA ROYNE.

Lundi XV octobre, l'an mil cinq cens quarente trois, payé à monseigneur Me Jehan Hedoyn, procureur en Parlement, pour avoir recouvert du greffe de la court de parlement l'arrest par lequel entre autres choses est dict que le Roy nostre sire a revocqué toutes donations faictes tant par luy que ses predecesseurs Roys de France, XLV s. t.

Vendredi XIX octobre en suivant, payé à Jehan Eschanson, serrurier, lequel par le commandement de messieurs Chambon, Lotin et Chesneau, marguilliers, a esté tout exprès en court pour recouvrer du dit seigneur Laguette (tresorier), ou son commis, l'original du dit don pour presenter à messieurs les gens du Roy suivant nostre dicte requeste, lequel Eschanson auroit porté lettres de creance de mes dis seigneurs les marguilliers; pour se faire et pour sa depense IIIIc s. de IX l. t.....

Vendredi, XXVI octobre 1543, payé à Jehan Dumaine, nagueres concierge de l'hostel de monsieur le connestable, pour le louaige de dix journées de cheval, delivré à Jehan Eschanson pour aller en court pour retirer le don faict par le Roy à l'eglise Saint-Paul de l'hostel de la Court la Royne... la somme de LX s. t.....

Mercredi, VIIe novembre Vc XLIII, Jehan Eschanson, serrurier, partit de Paris pour la deuxiesme fois pour aller en court pour presenter la requeste au Roy, pour avoir declaration et intencion de son vouloir pour verifier le don par luy fait de l'hostel de la Court la Royne.....

Mardi, VIII janvier 1543 [1544], payé à Jehan Eschanson, serrurier pour aller en court par devers le Roy pour savoir son vouloir s'il vouloit donner à l'eglise Saint-Paul la maison et donjon où est demourant monsieur l'esleu Tardif, IIIIc s. de VI l. XV s. . . . .

Jeudi VII janvier, payé aux clercs de monsieur Hedoyn, pour plusieurs requestes et escriptures par eulx faictes, VII s. VI d.....

En total, ne reste que la somme de soixante seize livres six deniers tournois.

(Arch. nat. S 3472.)

XXIX.

15 juin 1544.

Copie d'un contrat d'échange passé entre le Roy et les Célestins de Paris suivant lequel les Célestins cèdent au Roy une maison et jardin derrière l'hôtel d'Etampes contre une place faisant l'encognure des rues de la Cerisaye et du Petit Musc, dépendant de l'hôtel du Petit-Bourbon, à la charge de cens et rentes envers le domaine.

Par devant François Bastonneau et Vincent Maupeou, notaires du Roy nostre sire en son Chastelet de Paris, furent presens nobles hommes et sages Mrs François de Saint André, seigneur du dit lieu en Languedoc, conseiller du Roy et president en la court de parlement; Robert Dauvès, seigneur de Rieux, et Nicolas de Poncher, seigneur de Champfveau aussy conseillers du dit seigneur et president en la chambre des Comptes, à Paris au nom et comme commissaires et procureurs commis et deputés pour bailler à cens et rante perpetuels, et aussy quelques sommes de deniers que l'on pourra tirer du sort principal et achapt qui se fera des hostels de Bourgongne, Artois, Flandres, Estampes, du Petit-Bourbon et de l'hostel de la Reyne, et autres places vuides et vagues de la ville de Paris, estant du vray et ancien domaine du Roy, qui à present sont inutilles, inhabitées et delaissées comme apert par les lettres patentes d'édit du Roy données à Sainte-Manehout le 20e jour de septembre 1543; et dirent les dictes parties ès dicts noms, même les dits sieurs commissaires et procureurs du seigneur Roy que pour faire rües commodes pour les baux es places qu'il a fallu faire au dit hostel et jardin d'Estampes, avoit convenu prendre une petite maison et jardin derriere appartenans aux relligieux, prieur et couvent des Célestins de Paris, respondant en la rüe du Petit-Musc, tenant d'une part aux jardins et clostures du couvent des dits Celestins, d'autre part à une maison et jardin appartenant au Roy appellée l'hostel du Petit-Bourbon, aboutissant par derriere au grand jardin et cerizaye de l'hostel d'Estampes cy après declaré,

laquelle maison et jardin contient deux cens quatre vingts quatorze toize d'aire, et quarante cinq toises de long, sept toises de large par un bout, et deux pieds et demy par autre bout, desduisant et rabattant une enclave estant au dit lieu du costé du dit hostel du Petit-Bourbon, et auquel jardin il y a, comme dit est, une petite maison et edifice fait de maçonnerie et charpenterie legere contenant sallette par bas, petite chambre et grenier au dessus, une petite viz pour monter aux dits chambres et grenier ; une estable en appentis, le tout couvert de thuilles, une muraille de plastras maçonnés de terroir au travers du dit lieu pour separer une petite court du dit jardin, et un puids dedans le dit jardin, fait de moillon, maçonné de plâtre, tout le dit lieu clos de murailles tout au pourtour. Et, pour faire recompense commode de ce aus dits Celestins, les dits commissaires, ensemble les dits relligieux Celestins, auroient fait veoir et visiter iceux lieux par des jurés maçons, charpentiers, bourgeois et autres gens à ce connoissans, tant de la dite maison et jardin cy dessus declarés que de la recompense que leur en convient bailler, prise au grand jardin du dit hostel d'Estampes; lesquels jurés et bourgeois auroient esté d'avis de bailler recompense aus dits relligieux Celestins dedans le dit jardin d'Estampes, c'est assavoir pareille quantité de terre que contient le jardin et petitte maison des Celestins, et pour en recompense des ediffices de la dicte petite maison couverture, closture de jardin..... cent cinquante toises de terre en aire du dit grand jardin du dit hostel d'Estampes, qui est en total quatre cens quarante quatre toises vingt sept pieds, pour la dicte quantité estre baillée aus dits Celestins au dit grand jardin de l'hostel d'Estampes le long de leur clos et jardin . . . .
. . . . C'est assavoir les dits prieur, relligieux et couvent des dits Celestins avoir baillé, ceddé et transporté..... les dites maisons, court et jardin aus dits Celestins appartenant, assise et repondant par devant en la rue du Petit-Musc, et par derrière au dit grand jardin d'Estampes, tenant d'une part la dicte maison, court et jardin tout du long aux murs du dit couvent des Celestins, et d'autre part aussy tout du long à l'hostel et jardin du Petit-Bourbon, aboutissant par derriere sur le grand jardin du dit hostel d'Estampes, autrement dit l'hostel Neuf, et par devant à la rue du Petit-Musc, franc et quitte de toutes charges quelconques, pour la dite maison court et jardin estre appliquée et faire le commencement de la dite rue, et non autrement, parce que la place cy après declarée, baillée en recompense aus dits Celestins leur seroit inutille et incommode. . . . .
et, en contre eschange et recompense de ce, les dits sieurs commissaires confessent avoir baillé, ceddé, transporté, quitté et delaissé du tout dès maintenant à toujours... aus dits relligieux, prieur et couvent des dits Celestins... une place faisant partie du dit grand jardin d'Es-

tampes, autrement dit l'hostel Neuf, commençant au bout des dictes maison, court et jardin cy dessus baillés... continuant le long des murailles des clostures des dits Celestins... tenant d'une part et d'un bout le long des clostures et ediffices, vignes et jardins des dits Celestins, d'autre part aussy tout du long à la rue faite de neuf au dit grand jardin de l'hostel d'Estampes, et d'autre bout à autres places faites au dit jardin du dit hostel d'Estampes, qui ont esté vendues et baillées aus dits Celestins le long des murailles des dits Celestins... Fait et passé double l'an 1544, le dimanche 15e jour de juin.....

(Arch. nat. 9^1 1267, n° 7.)

XXX.

29 janvier 1544 (n. s.).

Bail de la première place faite au « pourprix » de l'hôtel de la reine, au profit de Guillaume de la Ruelle, moyennant 500 l. t. et 8 s. p. de cens.

A tous ceux qui ces presentes lettres verront, Antoine du Prat, chevallier, baron de Thierre et de Viteaulx, seigneur de Nantouillet et de Precy, conseiller du Roy nostre sire, garde de la prevosté de Paris, sçavoir faisons que, par devant François Bastonneau et François Maupeou, clercs notaires du Roy nostre sire en son Chatelet de Paris, furent presens en leurs personnes nobles hommes et sages Mes au nom et comme commissaires commis et deputez par le Roy nostre dit seigneur, pour bailler à cens et rante perpetuels, et aussi moyennant quelques sommes de deniers que l'on poura tirer pour une foys du sort principal et achapt qui se fera des hostels de Bourgonne, Artois, Flandres, Estamples, du Petit-Bourbon et de l'hostel de la Reigne, et autres places vides et vagues de la ville de Paris, etant du domaine vray et ancien du Roy, comme appert par les lettres patentes d'édit du Roy données à Sante-Manehaoust le 20e jour de septembre dernier passé mil cinq cens quarente trois, etc... pour être à bailler et vendre selon les dites partitions, au plus offrant et dernier encherisseur, en la maniere accoutumée, à certains lieux, jours et heures auxquels jours, lieux et heures seroient trouvées plusieurs personnes qui auroient enchery et renchery les dites places, même la premiere place faitte au pourprix de l'hostel de la Reine pres Saint-Paul à Paris, assise en la rue faite de neuf dedans l'hostel de Lions, de quatre toises de large contenant icelle place six toises sur quatorze toises et demy de longueur, ou environ, tenant d'une part aux maisons de la demoiselle de Bazinvilliers et autres heritiers de Guerin Mauget, d'autre part, à la deuxiesme place faite au dit pourprix du dit hostel de la Reine, baillé et vendu à Jean Lallement, aboutissant d'un bout à la dite rue faite de neuf en l'hostel de Lyons, et d'autre bout à la quatorzieme place faite au dit pourprix, baillée et vendue à Me Guillaume de la Ruelle, cy-après nommé, en laquelle premiere place est de present un petit corps de l'hostel de Lions et partie du jardin que tenoit et occupoit Me Gabriel de la Guiche. . . . . A cette cause, les dits sieurs de Saint-André et Poncher et Dauvet... ont reconnu et confessé avoir vendu, ceddé et transporté du tout dès maintenant à toujours, et promettent au dit nom garentir de tous troubles et empeschemens quelconque[s] au dit Me Guillaume de la Ruelle, à ce present, achepteur pour luy, ses hoirs et ayant cause, la dite premiere place faitte au pourprix du dit hostel de la Reigne, cy dessus declarée, pour la ditte place et appartenance d'icelle jouir, tenir et posseder par le dit de la Ruelle ses dits hoirs et ayant cause du tout dès maintenant à toujours comme de leur chose vraye et loyal acquest. Ces presens bail et vente faits à la dite charge de huit sols parisis de cens et rantes annuels et perpetuelles, le dit cens portant lots, ventes, saisines et amendes quand le cens y echet, que d'ores en avant par chacun an à toujours le dit Me Guillaume de la Ruelle en sera tenu et promet par luy, ses dits hoirs et ayant cause, rendre, payer et continuer au Roy, nostre dit seigneur à sa recette ordinaire de Paris aux termes y accoutumés... et outre moyennant la somme de cinq cens livres tournois pour une foys payer, que le dit Me Guillaume de la Ruelle en a payé et delivré comptant... et à la charge touttes fois qu'iceluy preneur et achepteur sera tenu clorre de murailles et bastir maison manable sur la ditte place dedens deux ans prochains venans, icelle et en après entretenir à toujours un bon etat et reparations, tellement que les dits huit sols parisis de cens et rante perpetuels y soient et puissent estre pris et perceus par chacun an à toujours sans aucun dechet ou diminution, etc., car ainsi a été convenu et accordé entre les dittes parties... Fait et passé triple en 1543, c'est à sçavoir par les dits sieurs commissaires le mardy 29e jour de janvier, et par le dit de la Ruelle le lundy unzième jour de fevrier.

Ainsi signé : MAUPEOU. BASTONNEAU[1].

(Arch. nat. 9^2 1268.)

---

1. Le même dossier renferme 28 autres copies collationnées de contrats de vente de 28 autres places faisant partie du même terrain; il manque 8 de ces pièces, puisque le dernier contrat est celui de la 36me place.

Imprimerie Daupeley-Gouverneur, à Nogent-le-Rotrou.

Les tirages à part de la *Société de l'Histoire de Paris et de l'Ile-de-France* ne peuvent être mis en vente.

www.ingramcontent.com/pod-product-compliance
Ingram Content Group UK Ltd.
Pitfield, Milton Keynes, MK11 3LW, UK
UKHW012042240726
13965UKWH00003B/980

9 782013 071178